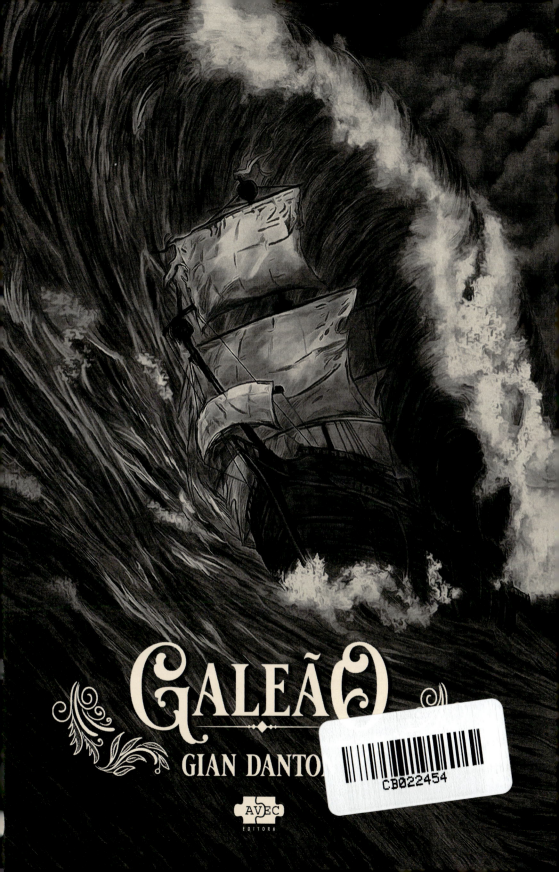

Copyright© 2024 Gian Danton

Todos os direitos dessa edição reservados à editora AVEC.

Nenhuma parte desta publicação poderá ser reproduzida, seja por meios mecânicos, eletrônicos ou em cópia reprográfica, sem a autorização prévia da editora.

Editor: Artur Avecchi
Projeto Gráfico : Luiz Gustavo Souza
Ilustração de capa: J.J Marreiro
Diagramação: Luiz Gustavo Souza
Revisão: AVEC Editora

1ª edição: 2013 - Editora 9bravos
2ª edição: 2024 - AVEC Editora
Impresso no Brasil/ Printed in Brazil

Dados Internacionais de catalogação na Publicação (CIP)
(Câmara Brasileira do Livro, SP, Brasil)

F 475 D 194

Danton, Gian
 Galeão / Gian Danton. – Porto Alegre : Avec, 2024.

ISBN 978-85-5447-196-5

1. Ficção brasileira   I. Título

CDD 869.93

Índice para catálogo sistemático:1.Ficção : Literatura brasileira 869.93
Ficha catalográfica elaborada por Ana Lúcia Merege — 4667/CRB7

Caixa Postal 7501
CEP 90430-970 — Porto Alegre — RS
 contato@aveceditora.com.br
 www.aveceditora.com.br
 @aveceditora

GALEÃO
GIAN DANTON

"Paquetes sem luzes, navios sem velas
Visões invisíveis, terríveis assombros
Montões de vasculhos, enormes escombros
Há ventos raivosos, tufões e procelas
Lanchas destruídas, velhas caravelas
E barcos perdidos sem mais viajar
Navios que o tempo tentou afundar
Somas valiosas, tesouros mantidos
Segredos do mundo que estão escondidos
No leito salgado do fundo do mar"
Zé Ramalho

AVISO DE CONTEÚDO SENSÍVEL:

Este livro aborda temas complexos e desafiadores que podem não ser adequados para todos os leitores. Contém descrições explícitas de violência, incluindo contra a vida, integridade física e sexual, que podem ser perturbadoras ou desencadear reações adversas em algumas pessoas. Pedimos que procedam com cautela e considerem seu próprio bem-estar emocional ao decidirem se desejam prosseguir com a leitura.

CAPÍTULO 01

No qual uma tempestade quase destrói um navio; um tesouro é descoberto e depois escondido; um assassinato é cometido e o vinho dos oficiais é desperdiçado

1

Começou como um trovão.

Algo estava acontecendo. Algo terrível. Algo que nenhum deles jamais poderia sequer imaginar.

Os marinheiros entraram em pânico e fugiram da cabine do capitão. O terror estava em seus olhos.

"O que está acontecendo?", indagava um.

"O fim do mundo! Provocamos o fim do mundo!", gritava outro.

"Vamos todos morrer", ajuntava outro.

As águas lambiam o convés como se fossem línguas do diabo, arrastando homens assustados rumo às profundezas do mar.

A pobre embarcação virava de um lado a outro, como que sacudida por uma mão invisível. Os poucos passageiros arregalavam seus olhos, tentando compreender o que estava acontecendo. Alguns rezavam para seus deuses, agarrando-se a um fio de esperança. Outros choravam em desespero e suas lágrimas se misturavam ao salgado do mar que se alastrava pela embarcação.

Lá em cima, os marinheiros não sabiam o que fazer. Havia coisas a serem providenciadas, ordens a serem dadas, mas ninguém se lembrava quais eram. O contramestre estava cego e o capitão desaparecera no útero do navio, procurando um lugar seguro para esconder seu precioso tesouro.

Em outro lugar, um homem estava sendo morto. Seus gritos não eram ouvidos senão por seu algoz, cujos olhos, já acostumados com a morte, vibravam de alegria diante do sofrimento indizível que dominava o outro.

Um canhão se desprendeu e arrastou consigo um marinheiro, prensando-o contra o parapeito.

Um grupo de marinheiros pegou um bote e tentou descê-lo, mas, quando se acomodavam na pequena embarcação, uma onda maior destroçou a madeira, jogando-os no mar revolto.

Então, no meio da tempestade, um ronco se fez ouvir. Os poucos que ainda estavam vivos olharam para cima. Alguma coisa se aproximava por entre as nuvens. Parecia um pássaro, uma águia feroz e faminta avançando e gritando seu ronco tenebroso.

Mas era muito, muito maior que uma águia.

O animal alado passou rápido e chocou-se contra o mastro real, quebrando-o com um grande estrondo. Um relâmpago iluminou o céu e o trovão se misturou com o som que agora descia para o mar. O navio quase soçobrou com o impacto, mas a mesma força invisível que antes parecia sacudi-lo segurou o impacto e manteve a estrutura na posição.

Um marinheiro se ajoelhou sobre o tombadilho e começou a rezar. Como que em resposta às suas preces, uma onda o arrastou na direção da boca desdentada do mar.

Foi uma dádiva, pensariam depois os sobreviventes. Ali, sobreviver seria o pior.

A tempestade açoitou o navio durante toda a noite e os marinheiros desistiram de tentar manobrar ou fazer o que quer que fosse. Aos poucos, cada um se escondeu em um canto e começou a implorar para que aquele inferno tivesse fim. Muitos vomitavam.

Na manhã seguinte, o tempo acordou como se nada tivesse acontecido.

O navio deslizava por um mar calmo e sem vento. Lá em cima no céu, não havia uma única nuvem e o azul dominava tudo.

Timidamente, os sobreviventes começaram a aparecer no convés, um a um.

Pedro, um marinheiro novato, foi um dos primeiros a subir. Seus olhos se esbugalharam ao olhar para o lado. Lá estava João, o tronco esmagado pelo canhão.

— João! Você ainda está vivo! Fale comigo!
— O canhão... o canhão se soltou...
— Sente dor?
— Ele está morto! Se não estiver, dê um tiro nele!

Pedro olhou por cima dos ombros. Era Jorge, o contramestre.

— Ele está vivo! Está vivo! Podemos salvá-lo!

O contramestre riu, seus olhos perdidos na imensidão do mar.

— Rapaz, posso estar cego, mas sei quando alguém está morto... atire nele...

Pedro abanou a cabeça, em sinal de não.

— Se fosse assim, então talvez fosse melhor matar você também... está cego...

O contramestre riu, sarcástico.

— Dos que sabem navegar, só deve ter sobrado eu. Mate-me e irá ficar perdido por semanas, talvez meses, nessa imensidão do mar.

Pedro se levantou, chorando.

— Isso é vida? Isso é vida?
— Não, isso é morte.

O contramestre pegou o bastão que trazia consigo, e que agora servia como muleta, e estourou com ele a cabeça do marinheiro vitimado pelo canhão.

— Isso é morte, rapaz. Acostume-se com isso.

O rapaz afastou-se com lágrimas nos olhos e deixou o contramestre rindo atrás de si. Ao descer, deparou-se com Jean Pierre.

— O que houve? — perguntou o francês.
— O carrasco acha que ainda está no comando...
— Ele...
— Ele matou João.

Jean Pierre falou, parecendo profético:

— Seremos os próximos.

Uma mulher subiu ao convés. Usava um vestido branco, tão alvo quanto a cor de sua pele. Como contraste, seus cabelos eram muito pretos e grandes.

Seu olhar, azul, era perdido, como se não compreendesse o que estava acontecendo. Ela aproximou-se da balaustrada, pousou suas mãos macias sobre a madeira e ficou algum tempo assim, imóvel, como se não soubesse o que fazer. Depois voltou para seu camarote sem dizer uma única palavra.

Jean-Pierre olhou-a interessado.

— Pedro, quem é essa mulher? Não a tinha visto ainda...

— É uma passageira. Chama-se Helena. Deve ter dinheiro, pois conseguiu um camarote só para ela, mas também parece ser doida, ou algo assim. Dizem que é francesa, mas nunca a ouvi dizer uma só palavra...

— Talvez seja muda...

— Talvez. E talvez eu esteja com fome... será que a tempestade danificou os mantimentos?

— Só há uma forma de saber...

— Vamos!

Os dois desceram a escada até a coberta inferior.

Havia um cheiro forte de vinho lá. Um marinheiro, sentado no chão, bebia vinho diretamente da garrafa e cantava uma música sem sentido. Era um homem gordo e baixinho, com longos bigodes e orelhas grandes. Ali, sentado no chão, parecia uma criança brincando com a comida.

Pedro aproximou-se dele.

— Manuel, o que está fazendo?

— Estou comemorando minha morte. Beba comigo, antes de chegarmos no inferno. Ah, Maria, Maria eu te amava tanto. Só queria ter agora os seus beijos... — disse isso e jogou a garrafa contra o casco, fazendo com que ela estalasse e quebrasse, derramando o líquido rubro pelo chão.

— O vinho dos oficiais! — lamentou Jean Pierre.

— Vamos brindar à nossa morte! — soluçou Manuel.

— Nós ainda não estamos mortos! — declarou Pedro. Vamos, levante-se. Você ainda está vivo e inteiro. Há outras pessoas em situação pior. Talvez você possa ajudar. Vá, suba. O ar da manhã vai te fazer bem...

Manuel olhou-o, intrigado:

— Bem... vai me fazer bem?

— Sim. Agora vá!

O pobre marinheiro saiu capengando, escorregando no vinho que ele mesmo havia derramado.

Os dois outros começaram a inspecionar os mantimentos. Um dos barris de água havia rachado e quase todo o líquido se esgotara dele. A água danificara uma grande quantidade de biscoitos, mas ainda havia queijo e os animais, muitos dos quais ainda se encontravam em suas gaiolas. Muitos haviam fugido, e era possível ouvir o cacarejar de uma galinha aqui e ali. Havia também grãos e trigo, que seriam levados para a colônia, e frutas, que haviam sido trazidas a bordo no último porto.

Pelo menos metade da comida ainda estava aproveitável.

Pedro coçou o queixo:

— Se não ficarmos muito tempo à deriva, a comida talvez seja suficiente, quanto à água...

Jean Pierre parecia não prestar atenção. Aguçando os olhos, ele tentava a todo custo inspecionar as paredes do navio.

— Estão úmidas.

— É o tonel de água que arrebentou, mais o tonto do Manuel com o vinho...

— Não. Acho que há um buraco no casco.

— Um buraco, no casco?

— Em algum lugar, provavelmente nesta mesma coberta...

Foram seguindo o faro de Jean Pierre. Finalmente encontraram um rombo. Uma parte da carga se desprendera e arrombara a madeira. O buraco era pequeno, mas a vazão era contínua.

— Se continuar assim, vai afundar o navio...

— No mínimo vai danificar a comida...

— O mestre-calafate! Ele vai saber como consertar isso!

Subiram correndo para o convés.

Dois homens os pararam. Estavam vestidos como padres, e um deles era velho, mas enérgico. Era baixo, atarracado, mas tinha mãos magras, que pareciam garras. Embora não fosse muito gordo, as bochechas formavam dois volumes estranhos, caindo pelos lados do rosto. Ele tinha um olhar enfezado, de poucos amigos. O outro era bem mais jovem, alto e magro. Tinha cabelos castanhos anelados.

— Meu rapaz, pode nos dar um instante? — disse o homem mais velho. Quando virão nos servir a comida? Sou um inquisidor indo...

Jean Pierre olhou enojado. Não gostava de padres. Ia responder à altura, mas foi interrompido por Pedro:

— Vamos. Precisamos tampar o buraco urgente! Venha!

Jean Pierre deixou-se arrastar. Olhou para trás, por cima dos ombros e ouviu o homem mais velho dizer:

— Selvagens! Vão queimar no fogo do inferno!

Não, queimar no fogo do inferno não era uma ameaça para Jean Pierre. Ele já passara por isso.

— Ei, atenção aqui! Temos que achar o mestre! Ele precisa consertar o buraco. — ralhou Pedro.

Olharam para todos os lados, mas não encontraram ninguém, até que deram de cara com o contramestre sentado em um amontoado de cordas, olhos sem vida fixos no horizonte, as mãos de dedos largos apoiadas no bastão. Ele estava ali, quase como uma estátua, sem se mexer, aparentemente desligado do mundo, mas, por outro lado, parecendo atento a tudo que acontecia.

2

— Contra-mestre! Precisamos do mestre-calafate!
— Hum... — fez o outro.
— Há um buraco no casco, na coberta inferior.

Em contraste com a urgência dos dois marinheiros, o contramestre parecia não se interessar pela informação.

— Ouvi alguém falar do mestre-calafate. Dizem que ele estava no bote destroçado pelas ondas. Pode ter sido assim que ele morreu... ou pode ter sido de outra forma...

— Por favor, senhor, o navio está fazendo água... sabe se algum ajudante dele sobreviveu?

— Não, não sei. Vocês podem perguntar por aí, mas até terem feito isso, o navio já estará no fundo e todos nós no inferno.

O contramestre riu, sarcástico.

— Mas talvez os dois garotos queiram salvar suas almas das garras do diabo. Arranquem uma parte do velame e arranjem um pouco de madeira pequena. Creio que terão de consertar isso vocês mesmo...

— Mas... isso é serviço para profissionais.... — objetou Pedro.

— Agora vocês são os profissionais. Se é tão importante assim, terão que aprender a fazê-los vocês mesmo...

Pedro abanou a cabeça, mas Jean Pierre o puxou.

— Vamos, temos que tentar!

Percorreram o convés. Havia muito velame e pedaços de madeira espalhados pelo chão, restos do choque com o animal estranho na noite anterior.

Pegaram o que precisavam e desceram para a primeira coberta. A água já dominava o compartimento e provavelmente já estragara boa parte da comida.

Num ímpeto, Jean Pierre avançou com a lona do velame, tentando cobrir o buraco, mas a vazão da água era muito forte, e ele não resistiu.

— Não dá! Não vamos conseguir!

— Talvez seja possível se calçarmos a lona com madeira e batermos nela... — sugeriu Pedro.

Fizeram isso. Envolveram um pedaço comprido de madeira com lona e prepararam um pedaço maior e mais pesado para servir de martelo. O resultado foi colocado sobre a vazão da água.

— Temos que ser rápidos. Quando eu falar!

A um sinal, os dois empurraram a madeira e Pedro martelou-a contra o buraco. A pressão era forte, mas aos poucos foi cedendo aos esforços. Em pouco tempo o buraco estava tampado.

— Isso não ficou bom, mas serve. — disse Jean Pierre, e sentou-se no chão molhado, exausto com o esforço.

Pedro sentou-se ao seu lado. Não tinham tido tempo para pensar na sua situação e ali, sentados, puderam finalmente refletir.

— Manuel disse que estamos perdidos! — disse Jean-Pierre.

— Você talvez esteja perdido. — atalhou Pedro. Eu estou com fome. Vou pegar um pouco de queijo e vinho.

Jean-Pierre segurou seu braço:

— A comida não vai durar para sempre...

— Então é melhor aproveitar enquanto ainda existe comida...

Disse isso e levantou-se. Foi até a despensa e retirou de lá uma garrafa de vinho. Vinho bom, dos oficiais, não a lavagem que bebiam normalmente. Depois pegou um queijo, aquele que lhe pareceu melhor e subiu. Jean-Pierre foi com ele, mas não subiu ao convés. Foi pelo corredor na direção dos camarotes da proa.

Como imaginou, a porta estava aberta.

A mulher de branco estava sentada em uma cadeira, olhando pela janela. Seus longos cabelos negros deslizavam por seus ombros. As mãos estavam pousadas sobre o colo.

— Trouxe vinho e queijo para você. — disse Jean Pierre.

Deu alguns passos e colocou a garrafa e o queijo sobre uma mesinha, ao lado da cadeira.

— Vai precisar de uma faca? Um copo talvez? Que idiota eu sou... não trouxe um copo!

A mulher não respondeu. Somente olhou para ele com olhos perdidos. Eram olhos azuis, tão profundos e perigosos quanto o mar.

— Je parle Française? — indagou Jean Pierre, mas a mulher não respondeu novamente. Apenas continuou olhando com seu olhar perdido.

3

Agostinho acordou no meio da noite, sobressaltado. Ele sonhara com coisas estranhas. Monstros de ferros passavam ao seu lado emitindo um piado agudo e correndo em uma linha reta. Pássaros barulhentos avançavam pelo ar. Havia fumaça, barulho e explosões. Pareceu-lhe que vislumbrava o inferno. Então alguém que se parecia com um soldado se aproximou dele e apontou o que parecia uma baioneta estranha... e a arma falou e de sua boca saíram fogo e trovões. Por algum acaso do destino, todos os projéteis seguiram na direção de sua testa e parecia que ela estava sendo perfurada por milhares de abelhas.

Quando abriu o olho, Agostinho percebeu que na verdade, o que atingia sua testa eram gotas de água. Parecia estar havendo uma tempestade lá fora e o navio balançava como um homem bêbado.

O padre olhou para o lado e o que viu era mais negro que seus mais obscuros pesadelos. O navio jogava de um lado a outro, correndo o risco de jogá-lo de seu beliche ao chão.

"Onde estará o inquisidor?", perguntou-se. Olhando pela janela, pensou vislumbrar uma silhueta contra a fina luz que entrava pelo vidro. Então um raio riscou o céu.

Milton estava sentado em uma cadeira. Seu rosto parecia sereno, mas suas mãos se inclinavam em garras sobre o encosto da cadeira.

— O que... o que está acontecendo, senhor?

— É o diabo lá fora. Pode ouvi-lo?

Agostinho aguçou os ouvidos. Não, não conseguia ouvir o diabo. Tudo que chegava até ele era o som estrondoso da tempestade e o estalar da madeira. E o trovão, o terrível trovão, sempre atrasado em relação à luminosidade. Seria essa a voz do diabo? Seria uma voz atrasada em relação à luz de Deus? Mas por que então essa luz era tão terrível? Tão amedrontadora?

— Eu... não sei se ouço...

— Abra seus ouvidos, abra seus olhos. O diabo está aqui... é possível sentir.

— Aqui, senhor?

— Sim, e em todo o canto. Pode sentir o diabo?

Houve um silêncio entre os dois, cortado pelo som da tempestade. Agostinho não podia ver o rosto de seu superior, mas parecia deduzir que ele estava em jubilo...

Um tranco sacudiu o navio, provavelmente uma onda, e os marinheiros gritaram lá fora. Um deles clamava por Deus, mas Deus parecia não ouvir suas preces.

O desespero e a tempestade duraram a noite inteira. Agostinho segurou-se em sua cama, rezando aos céus para que a tempestade acabasse e para que a ânsia de vômito o abandonasse. Mas um outro lado seu que ele não conhecia parecia se divertir com o episódio, como se fosse possível alegrar-se com a tragédia.

A noite não passou, arrastou-se. De tempos em tempos, o jovem padre cochilava e, ao acordar, imaginava que tudo havia acabado, só para perceber desolado que o véu da noite e a fúria da tempestade não haviam se esvaecido.

Muito, muito tempo depois, a luz começou a entrar pela pequena janela. Agostinho acordou e olhou para ela. O velho ainda estava lá, acordado, e o rapaz impressionou-se com isso. Não teria dormido uma única vez?

Quando o dia surgiu completamente, seu superior ordenou:

— Vamos subir e ver se nos servem uma refeição!

Saíram do quarto e atravessaram o corredor da terceira coberta. Havia água e umidade por todos os lados. Ninguém abrira a porta de suas cabines e não parecia haver movimento lá em cima. Passaram pela cabine do capitão e Agostinho imaginou ouvir gemidos vindos lá de dentro.

Subiram até o tombadilho. Um homem cego estava sentado sobre um monte de cordas. Imóvel, ele fitava o horizonte com seus olhos sem vida. No outro extremo, uma cena terrível. Um marinheiro jazia inerte contra a balaustrada, um canhão enterrado em seu peito. Sua cabeça estourada exalava vísceras.

Inicialmente Agostinho achou que ele batera a cabeça contra a madeira, mas percebeu que não havia sangue ali. Olhando para o outro lado, ele percebeu o sangue no bastão do homem cego e teve vontade de vomitar.

Surpreendentemente, o marinheiro emitiu um som agudo e arfou. Estava nos últimos estertores de morte. Sem cuidar de seu superior, o jovem missionário aproximou-se e ministrou a extrema-unção ao moribundo. Nisso dois rapazes subiram ao convés. Um deles era loiro e tinha feições femininas e rosto angelical. O outro era um enérgico moreno, de sobrancelhas grossas.

— Meu rapaz, pode nos dar um instante? — disse Milton. Quando virão nos servir a comida? Sou um inquisidor...

O rapaz loiro olhou para os dois e seus olhos crisparam. Havia ódio e medo em seu olhar. Ele parecia a pronto a atacá-los e Agostinho não entendeu porque. Mas o outro o puxou.

— Selvagens! Vão queimar no fogo do inferno!

Agostinho olhou à volta. Queimar no fogo do inferno não parecia uma ameaça distante. Era muito concreta e real. Estavam perdido no meio do nada, o navio semi-destruído, talvez sem água ou comida.

Não, o inferno era ali mesmo.

Capítulo 02

No qual descobrimos algo mais sobre Pedro; um cachorro é morto; um estranho boticário bate à porta; os sobreviventes brigam entre si; um remédio faz estranho efeito e o leme é perdido.

1 - Pedro

Pedro lembrava-se de sua infância. Lembrava-se dos campos, da vida árdua, do cuidar das ovelhas.

Ele era ainda muito pequeno, e já trabalhava, cuidando as ovelhas. Seu pai trabalhava nos campos, plantando e colhendo, sol a sol. Tinham uma pequena roça, uma vaca, algumas galinhas e as ovelhas. Passavam quase que o dia todo na roça. A mãe levava comida para eles quando o sol começava a ficar mais forte.

— Meu pequeno Pedro. — dizia ela, acariciando o cabelo do menino, enquanto ele devorava a comida com as mãos. As lembranças eram antigas, como retratos que se apagam com o tempo, mas ainda assim Pedro conseguia, com grande esforço, rememorar o rosto da mãe, mas a imagem que vinha era sempre aquele quadro, ele olhando-a debaixo para cima, ele com as mãos sujas de gordura, e ela enorme, acariciando seu cabelo. Era uma imagem reconfortante.

— Coma tudo para ficar forte. — dizia ela, e ele comia tudo, lambendo o prato para não desperdiçar nem mesmo um único átimo da saborosa comida caseira.

À noite iam para casa e jantavam ao redor de uma mesa baixa, com um vela sobre uma garrafa. Era quando o pai contava as novidades.

— Mataram o cachorro do velho Alfredo. — disse o pai, limpando os lábios com as costas das mãos.

— Mataram o cachorro? Quem faria isso? Aquele cachorro já estava velho, deve ter morrido de velhice, meu marido.

— Não, mataram mesmo. Estriparam o bicho. O velho Alfredo me contou tudo, detalhe por detalhe. Ele acordou de manhã e chamou pelo bicho. Sabe como ele tinha amor naquele cachorro...

— Dizem que era um bom perdigueiro...

— Sim, por isso o vizinho o chamava de caçador. Coitado, ele acordava de manhã, saia pela porta, escarrava e chamava pelo cachorro. Isso antes de lavar o rosto ou comer alguma coisa. Era doido pelo bicho. Ele chamava e o bicho vinha, abanando o rabo. Mas ontem, ele chamou o caçador, mas ele não veio. Achou estranho, porque o bicho nem esperava ele chamar para aparecer. Se ele deixasse, dormia lá dentro...

— É surpreendente que ele não deixasse o cachorro dormir dentro de casa. Depois que ficou viúvo, o seu Alfredo ficou tão solitário...

— Ele se apegou ao cachorro. Dizia que os dois eram dois velhos, que tinham vivido o melhor da vida e que agora um fazia companhia para o outro. Mas estou me desviando da história. Como dizia, ele saiu pelo quintal, chamando pelo cachorro. Chamou aqui, chamou acolá, e nada do cachorro aparecer. "Eh, cachorro preguiçoso!", ele gritou, mas sabia que o cachorro não estava dormindo. Ele sempre acordava antes. Tinha que ter acontecido alguma coisa. Você já foi na casa do Alfredo e deve ter visto que tem um celeiro velho. Depois de procurar por todo o quintal, ele foi ver nesse celeiro. O cachorro estava lá.

— No celeiro? O cachorro dormiu no celeiro?

— Não. Deixa eu contar. O cachorro estava lá e estava gemendo. O vizinho pensou que ele estivesse morrendo, e chamou por ele. Estava muito escuro e o cachorro não respondia, só gemia. Ele abriu a porta e o celeiro se iluminou. O vizinho entrou, mas depois saiu vomitando.

— Vomitando?

— Sim. Ele vomitou até quase saírem as tripas. Depois criou coragem e entrou lá de novo. O cachorro estava deitado de barriga para cima, numa posição estranha. Havia um corte de cima a baixo, abrindo todo o peito e barriga dele.

— Meu bom Jesus!

— Alguém se deu ao trabalho de cortar o cachorro de cima a baixo... e não ficou satisfeito. Quem quer que seja o malvado, tirou o bucho do bicho. O bucho, o coração, o fígado... como um açougueiro, separando as carnes que vai dar para os pobres.

— Será que não foi o açougueiro? Já me disseram que eles fazem salsichas com carne de cachorro...

— Sei não. Se fosse o açougueiro, por que ele não levou a carne? Não, acho que foi maldade mesmo. Mataram bicho por matar. Sem mais nem mesmo. Só pelo prazer de matar...

— Ai, meu Deus, é o fim do mundo! Será que foi algum inimigo do seu Alfredo?

— E aquele velho lá tem inimigos? Não faz mal a uma mosca! Não, não foi nada disso... por mais que eu pense, não consigo pensar em outra coisa senão em maldade...

— Pode ser alguém querendo ficar com as terras do pobre. Matam o cachorro dele para assustar...

— Pois é. Pensei nisso. Pode ser. Vá saber.

Nisso bateram à porta.

— Quem será, a uma hora dessas?

Bateram de novo, insistentemente.

O pai se levantou.

— Vou abrir.

— Não, marido! Não abra!

— Deixe de besteiras, mulher... já vou abrir! Pare de bater!

2

Aos poucos, passageiros e tripulantes foram subindo ao convés. Havia uma variada miríade de pessoas diferentes, com objetivos e desejos diferentes.

Além dos marujos Pedro e Jean-Pierre, havia outros, como Vital e Manuel. Vital era um marujo na casa dos trinta anos. Alegre, tentava levantar o moral dos colegas contando histórias sobre sua vida no Brasil, muitas das quais provavelmente eram inventadas. Manuel era um desastrado marinheiro, que fora padeiro antes de aventurar no mar e que revelara um gosto especial pela bebida, provavelmente por conta de um amor não realizado.

Rodrigo era o enérgico contramestre, que ficara misteriosamente cego.

Havia a viúva Luisa, uma mulher madura, de cabelos negros e olhar firme, capaz de qualquer coisa para conseguir seus objetivos. Outra mulher era Helena, a jovem mulher de branco, que passava a maior parte do tempo em sua cabine, recolhida e tímida.

Samuel era um judeu em viagem para o Brasil, provavelmente fugindo da perseguição aos judeus em Portugal.

Havia os padres, Milton, o mais velho, um inquisidor em visita ao Brasil para instalar ali um tribunal e seu ajudante, o jovem Agostinho.

Miguel e Francisco odiaram-se imediatamente.

Miguel tinha pouco mais de quarenta anos. Era um fazendeiro, dono de imensas plantações de cana no nordeste. Seu único assunto parecia ser seu engenho e sempre que ele pegava alguém desprevenido, podia passar horas falando do engenho como se fosse a única coisa no mundo.

Francisco vira nele tudo do qual ele conseguira escapar. Negro, ele chegara a ser escravo e, por sorte, conseguira fugir desse terrível destino.

— Estamos ali a civilizar os pobres índios e infelizes negros. São pobres coitados, que vivem em estado de miséria, como animais. Estamos fazendo um favor a esses pobres... — dizia ele para o Inquisidor, que balançava a cabeça afirmativamente.

— Estão é matando os negros! — gritou Francisco.

— Do que está falando, negro? — estranhou Miguel.

— Eu fui escravo no Brasil e sei muito bem o que fazem de verdade. É necessário sempre levar mais escravos porque os que estão lá morrem logo. Muito trabalho, pouca comida, muito chicote...

— Um chicote é tudo que eu queria ter agora, negro! Ia lhe dar uma boa lição!

Francisco fez uma careta e mostrou os dentes, como uma fera que tenta amedrontar seu oponente.

Provavelmente cairiam um sobre o outro, não fosse a intervenção de Agostinho.

— Não é hora de brigarmos entre nós. Não entendem? Estamos perdidos no meio do mar...

Miguel afastou-se, resmungando.

Com muita dificuldade, fizeram uma reunião no convés. Jean-Pierre e Pedro explicaram o estado em que estavam as provisões.

— Temos comida e água, é o que importa. — disse Miguel. Espero que nos sirvam nosso almoço.

— Acho que o branquelo não entendeu... — resmungou Francisco.

— Senhor, estamos à deriva. — disse Jean-Pierre. A viagem para o Brasil dura semanas. Já fizemos essa viagem antes e já aconteceu de não encontrarmos uma única nave no meio do caminho. Podemos passar meses no meio do mar... temos que economizar água e comida.

— E agora ninguém é escravo de ninguém. — atalhou Francisco.

Houve um principio de tumulto, logo abafado. Ao final, decidiram que Pedro e Jean-Pierre ficariam responsáveis pela comida e fariam o controle para que não faltasse.

Mas surgiu um outro problema. Onde estavam? Para onde estavam indo? Só o contramestre poderia ajudá-los.

Sentado no seu rolo de cordas, o contramestre fez uma careta, como se pudesse ver e perguntou:

— Onde nasce o sol?

— O sol nasce às suas costas. — respondeu Pedro.

— A proa fica à minha esquerda, certo?

— Sim, senhor.

— Então vamos na direção ao sul. É a pior rota. Na cabine de comando tem um leme e um cronômetro. Vão lá e voltem para me dizer.

Agostinho, que já se afeiçoara aos dois marinheiros, foi ajudá-los. A cabine estava semi-destruída. O cronômetro jazia em pedaços no chão. Pedro pegou no timão e girou-o. Não aconteceu nada. A corda estava solta.

Os três correram até o contramestre.

— Isso não é nada bom. Não mesmo. Sem o cronômetro não temos como saber a latitude. Na verdade, eu não sei nem mesmo se vocês poderiam calcular a longitude. Perdidos, perdidos... e o pior... o leme... a corda deve ter arrebentado e talvez não tenhamos nem leme... mas há uma chance. Normalmente é colocada uma corda para segurar o leme, caso ele se desprenda. Se alguém pular na água, pode tentar colocar o leme de volta no lugar...

Jean-Pierre estremeceu:

— Mas também pode morrer, ou se perder do navio...

O contramestre riu.

— Sim, isso é o mais certo. Desçam antes a Santa Bárbara e vejam se o timão desliza sobre o quadrante do leme. Se tiverem sorte, é aí o problema e arriscam-se menos.

3 - Pedro

Pedro estremeceu enquanto o pai se aproximava da porta. Não era normal que recebessem vistas àquela hora.

— Já estou indo. Calma que já estou indo. — disse o pai, arrastando os pés.

A porta abriu com um rangido. Uma figura enorme apareceu do outro lado. Pedro achou que fosse um monstro, ou um corcunda, e segurou nas mãos da mãe. Depois percebeu que, na verdade, era um homem com uma mala às costas. Vestia uma capa longa e preta e tinha um grande chapéu de couro, cujas abas desciam sobre seu rosto. Era um homem alto, forte, com uma barba rala e olhos azuis.

— Dá licença? Posso entrar? Sou um boticário de passagem por essas bandas e procuro pousada. Posso pagar por uma dormida e um pouco de comida. Já está começando a chover lá fora.

De fato, sua vestes já estavam úmidas e o chapéu se encurvara sob o peso leve de um pouco de água.

— Você nos deu um susto, homem. Não somos acostumados a receber visitas a essa hora.

— Eu não incomodaria, não fosse a chuva. Só peço um pouco de comida e lugar pra dormir.

O pai grunhiu, desconfiado:

— Só temos uma esteira.

— Durmo no chão, se me arranjar um pouco de palha.

— Pode dormir com o menino, então. Mulher, sirva um pouco de sopa para o homem. Aceita sopa?

— Quem sou eu para recusar? Num clima desses, uma sopa é tudo que um cristão pode pedir.

— Temos um pouco de vinho também. Não é muito, e não é bom. Vinho de pobre, parece lavagem, mas serve para matar a sede e é melhor que água, pois não dá doença.

— Meu senhor, eu não sei como me desculpar por estar lhe causando esse incômodo.

O pai grunhiu de novo, mas dessa vez foi menos severo. Estava começando a simpatizar com o forasteiro.

— Mal posso agradecer toda essa atenção. Só o que posso fazer é lhe deixar algumas moedas. Ou então, se quiserem, algum produto.

— Então o senhor é boticário? Nunca ouvi falar de boticário que andasse por aí, assim.

— Meu senhor, meu senhor... eu não sou homem de ficar parado. Não há lugar no mundo para mim, senão andando por esse mundão a fora, vendendo meus remédios e mais outras coisas que o senhor possa vir a precisar... — respondeu o forasteiro, sorvendo a sopa com grande barulho. Ah, mas essa sopa é um manjar dos deuses! O senhor me enganou, senhor...

— Sebastião. Meu nome é Sebastião. O senhor está dizendo que eu lhe enganei?

— Sim, isso mesmo. Disse que o vinho era lavagem, mas esse vinho é bom. Posso dizer isso porque já provei os mais variados vinhos, até mesmo os do novo continente. Tão bom quanto a sopa.

Com esse elogio, ele conquistou a atenção e a simpatia de todos. A mãe sentia-se orgulhosa por ter feito a sopa, e o pai por ter fabricado o vinho. Sempre acreditara que o vinho que produziam no sítio era ruim, coisa de camponeses, mas ali estava um homem experiente, que rodara o mundo e que elogia o seu vinho. O seu vinho!

— Então o senhor já foi ao novo mundo.

O forasteiro balançou a cabeça, afirmativamente.

— Fui sim, minha senhora. Já percorri quase todo o mundo conhecido.

Disse isso e tirou da roupa uma trouxinha amarrada ao pescoço por uma cordinha e beijou-a:

— Fui para lugares que a senhora nem imagina. Sempre que a proteção de nosso senhor, Jesus Cristo.

— O que é isso? — perguntou o pai.

— Isto? É um patuá! Fizeram para mim nas ilhas, antes de chegar ao Brasil.

— Coisa de negros...

— Aí é que o senhor se engana. É catolicíssimo esse patuá. Trago aqui dentro, nessa trouxinha de couro, uma oração pedindo a proteção de Cristo e Nossa Senhora... enquanto estiver com ele, estou de corpo fechado para todo o mau. Não há tiro que me acerte ou faca que me fure.

— Que oração é essa?

— Não posso dizer minha senhora, ou perco a proteção.

— Então o senhor deve guardar isso muito bem.

— Sem dúvida, trago debaixo da camisa, perto do peito. Nunca me separo desse patuá.

Pai e mãe ficaram refletindo sobre as maravilhas desse beato patuá.

— Mas fale, fale um pouco sobre o novo mundo.

— Oh, minha senhora, é a maravilha das maravilhas. Dizem que existe uma cidade em que todas as coisas são feitas de ouro. Tudo, até as jarras de água. Tudo feito de ouro. Chama-se Eldorado, essa cidade. Alguns falam que Eldorado seria o governante dessa cidade, um homem com tanto ouro no corpo que é impossível olhar para ele de dia, por causa dos raios do sol. Nessa cidade até os penicos são feitos de ouro!

O pai coçou a cabeça:

— Um penico de ouro?

— É o que ouvi dizer.

— Mas o senhor esteve nessa cidade?

— Não, meu senhor. Estar, nunca estive. Mas posso garantir que no Novo Mundo existe tanto ouro que até o mais pobre dos homens vira um rei do dia para noite. Até um guardador de porcos.

O pai cuspiu no chão.

— Até um guardador de porcos?

— Esteja certo disso. É uma terra de riquezas. Mas não é todos que querem ir para lá. Há índios selvagens, que comem gente.

Nisso a mãe se benzeu:

— Deus me livre e guarde.

— Eu nunca tive medo, pois tenho o meu patuá, mas o calor, não há patuá que livre a gente do calor. É um calor dos infernos. E o povo de lá têm costumes estranhos.

— Costumes estranhos?

— Sim, há até os que tomam banho todas as semanas!

— Cruz-credo! — fez a mãe.

— Costume de judeus! — concordou o pai.

— Estou lhe dizendo. São gente estranha, selvagem. Por sorte, nossos sacerdotes estão catequizando aquela gente. Mas agora que já terminei de comer, talvez queiram ver alguma coisa.

O homem soltou um arroto, levantou-se e foi pegar seu baú. Era um baú diferente, que se abria em quatro, revelando vários objetos presos por tiras de couro.

— Aqui tenho as mais variadas coisas, para as mais variadas necessidades. Vejam.

Pedro estendeu a mão e pegou em um bloco quadrado, de matéria macia. Parecia gordura, mas era mais sólido e tinha um cheiro estranho.

— O que é isso, senhor?

O pai deu-lhe um tapa na mão, reprimindo-o.

— Não mexa em nada, seu peste!

— Obrigado, senhor. Essa substância é cara e preciosa demais para ser tocada por crianças. Mesmo assim, irei satisfazer a curiosidade desse rapaz. Isto aqui, meu garoto, é sabão.

— Sabão?

— Sim, minha senhora. Uma substância tão cara que só vendo para condes e marqueses. Sabão, uma substância capaz de limpar qualquer coisa. Uma verdadeira preciosidade!

O olhar da mãe encheu-se de brilho:

— O senhor não tem medo de andar com isso por aí, por essas estradas perigosas?

— Minha senhora, meu patuá é capaz de me salvar de qualquer coisa. Não temo nada, a não ser a Deus! Estando com a proteção dele, não temo nada.

O pai balançou a cabeça:

— Muito certo, muito certo.

— E o que é esse vidrinho?

— Minha senhora, por favor, deixe isso no lugar. Isso é veneno.

— Veneno? Para que o senhor anda com veneno? E como o senhor sabe que é veneno? Os vidros são todos iguais.

— Minha senhora, se eu soubesse ler, escreveria veneno nesse frasco, mas não sei ler, então memorizei o lugar de cada um desses frascos. Se trocarem de lugar, posso vender veneno no lugar de um remédio.

— E por que o senhor anda por aí com veneno?

— Minha senhora, um grande alquimista disse que a diferença entre o remédio e o veneno é a quantidade. Provavelmente a senhora não sabe, mas muitos remédios são feitos de veneno. Mas em pequena quantidade. Sim, eu tenho grandes maravilhas aqui. Diga, meu nobre senhor... o que lhe incomoda? Com que fórmula mágica eu poderei pagar minha estada aqui?

O pai pareceu constrangido.

— Bem, a mulher diz que... como vou dizer... estou precisando, sabe?

— Vamos, diga o que o atormenta. Tenho remédio para todos males. Se for dor de dente, também posso arrancar alguns...

— Não, não é dente...

— Seria uma febre intermitente... tenho aqui...

— Não, não é febre... é algo mais...

— Vejo que o tema o incomoda. Seria um furúnculo, talvez?

— Não, nada de furúnculos.

— Doença de pele?

— Não, nem furúnculo, nem febre, nem doença de pele, nem tosse... é pum! Pronto, eu já disse: eu solto puns! Por mim, não me incomoda em nada, mas essa mulher diz que isso é doença, que tenho que me tratar... sabe como são as mulheres!

— Ah, o senhor sofre de gases! Por que não disse logo? Tenho aqui o remédio certo!

O pai pegou o vidrinho, desconfiado.

— Esse vidrinho vai curar os meus gases?

— O vidrinho não, mas o que tem dentro dele, sim. E pense como os franceses: são nos menores frascos que guardam os melhores perfumes.

— Se o senhor diz. Então está paga a sua estadia.

— Com uma singela refeição pela manhã, espero...

O pai olhou para a mãe e ela retornou o olhar, severa.

— Está bem. Amanhã o senhor come e vai embora...

Dito isso, levantou-se e anunciou que iam dormir. Não sabia o que lhe aconteceria.

4

A Santa Bárbara era onde ficavam canhoneiros, nome dado em homenagem à santa protetora do artilheiro. Não parecia haver nada de errado lá. Era mesmo o leme. Através de uma portinhola, eles vislumbram a parte traseira do navio. O leme jazia na água, totalmente desprendido do navio e preso apenas por uma corda.

— Um de nós terá que se aventurar na água para recuperar o leme. — decidiu Jean-Pierre.

Agostinho pensou em oferecer-se, mas desistiu. Tinha pouca experiência no mar e era mais certo que se afogasse. Melhor deixar para os dois marinheiros, mais experientes.

— Não sei nadar. — confessou Jean-Pierre.

— Eu vou. — decidiu Pedro.

Foram até o tombadilho. Pedro tirou a camisa e pulou na água. Jean-Pierre e Agostinho jogaram-lhe uma corda. Ele a agarrou e deixou que o navio avançasse. Era manobra arriscada, pois poderia ser atropelado pelo casco. Com cuidado, ele se aproximou do leme e pegou-o. Nisso, Agostinho deu um grito.

— Atrás de você!

Pedro olhou por cima dos ombros e viu uma barbatana sobressaindo-se nas pequenas ondas. Um tubarão!

Ele ainda tentou levar consigo o leme, mas era pesado demais, grande demais. Sem soltar a corda, ele nadou com todas as suas forças, até aproximar-se do casco.

— Puxem! Puxem! — gritou.

Agostinho e Jean-Pierre usaram toda a sua força e o retiraram bem a tempo. O tubarão dava seu golpe no exato momento em que Pedro saia da água. Ele ainda tentou voltar e pegar o leme, mas ele se soltara da corda. O navio foi se afastando, deixando para trás o único instrumento que poderia dar-lhes uma direção. Estavam totalmente à deriva.

5 - Pedro

Pedro estranhou que a mãe não lhe levasse comida no dia seguinte. Esperou até que a fome apertasse e resolveu voltar para a casa, em busca do almoço.

Estava um lindo dia de sol, mas nuvens negras se avolumavam no céu, como que preconizando chuva.

Ele estranhou de ver gente ao redor da casa. Havia muitas pessoas, conversando baixinho e olhando pela janela e pela porta. Ele só vira movimentação como aquela em dia de festa. Mas não era festa. Não havia alegria no rosto das pessoas. Só uma mistura de medo, espanto e tristeza. Ao vê-lo se aproximando, alguém comentou:

— É o filho dele!

A turba abriu caminho, deixando-o passar. Cochichavam entre si, enquanto ele passava, mas Pedro não conseguia descobrir o que diziam. Parecia mais o murmúrio contínuo da água do riacho, e não um discurso com sentido.

Havia mais gente lá dentro. Todas em silêncio, ou conversando baixinho. Um grupo maior se avolumava em torno de alguém sentado ou deitado no chão. Pedro não conseguia distinguir quem era, mas parecia adivinhar um choro feminino. Sua mãe.

De repente, alguém deu por ele, e abriram caminho. Só então ele pode ver a cena. Sua mãe estava sentada no chão, chorando copiosamente. Deitado no chão, seu pai, com a cabeça caída sobre o colo da esposa.

— Meu filho! Seu pai! Seu pai morreu!

Pedro espantou-se:

— Morto?

Depois correu até sua mãe e abraçou-a, chorando.

— Meu filho, seu pai está morto! — repetia a mulher, inconsolável.

Pedro olhou para o pai. Pegou em sua cabeça e tentou levantá-la.

— Pai, fale comigo! Pai, por favor! Fale comigo! Você não está morto! Diga que não está morto!

O pai não respondia. Estava frio, frio como a morte.

O menino chorava e sacudia o pai:

— Papai, por favor, não nos deixe. Por favor, não morra!

Parecia fora de controle, chorando desesperadamente. A mãe pegou-o pelo ombro:

— Seu pai está morto, meu filho! O boticário o matou. Ele nos vendeu veneno como se fosse remédio. Seu pai tomou o remédio e morreu!

O menino chorava tanto que mal conseguia falar, mas gaguejava:

— Não pode ser! Ele não pode estar morto!

— Foi o boticário! Bem que eu desconfiei. Quem bate àquela hora na casa de uma pessoa não pode estar com boas intenções!

Mãe e filho se abraçaram:

— Eu vou vingar ele, mamãe. Vou matar esse desgraçado!

A mãe só chorava e abanava a cabeça, como se quisesse mandar para longe a dura realidade. Choraram, mãe e filho, abraçados, pelo resto do dia.

CAPÍTULO 03

No qual dois inimigos fazem ameaças; Pedro ganha um novo pai e o perde; Milton faz uma piedosa explanação sobre a mulher; Helena finalmente fala uma palavra e a comida é roubada.

1

Jean-Pierre e Pedro organizaram a comida e Agostinho e um cristão novo, Samuel, fizeram uma relação de tudo que tinham. Havia verduras, como batata, cebola, cenouras, além de muito trigo. Um saco e biscoitos que não haviam sido danificados pela água. Um barril cheio de água e outro pela metade. 30 garrafas de vinho dos oficiais e um tonel de vinho de terceira, reservado aos marinheiros. Havia também um pequeno tonel de pinga e um saco de limões, que seriam úteis para evitar o escorbuto. Além disso, várias peças de queijo. Quanto aos animais vivos, muitos haviam escapado, mas os marinheiros conseguiram recuperar alguns e alojá-los em gaiolas improvisadas.

Uma reunião foi feita. Nela, os quatro explicaram a situação e informaram que a comida seria racionada.

— Não sabemos quanto tempo ficaremos à deriva e não podemos comer demais agora. É necessário agir com sabedoria. — declarou Agostinho.

— Bobagem! — gritou Miguel. Não vou receber a mesma quantidade de comida que outros. Temos negros e judeus aqui. A prioridade deveria ser para os cristãos.

Samuel crispou seus olhos sobre ele, mas não fez mais do que isso. Estava acostumado com a perseguição que sofria. Apenas observou a audiência e viu alguns concordando com a cabeça, entre eles o inquisidor.

Francisco não foi tão contido. Pulou sobre o fazendeiro aos gritos:

— Quem não deveria receber comida é você, seu carniceiro. Você não conseguiria nem mesmo limpar a bunda se não fosse um negro!

— Está me confundindo com aqueles almofadinhas da capital! Venha e eu lhe mostro o valor de um cristão!

— Calma, calma, senhores! Eu tenho certeza de que haverá comida para todos e que logo encontraremos um navio. Eu já passei por vários naufrágios e sei como é isso. — interveio Vital, um marinheiro de olhos azuis, já pela casa dos 40 anos, idade que era denunciada por uma enorme calva.

Miguel desprezou o comentário.

— Esse negro não sabe com quem está se metendo! Venha aqui e lhe ensino como se trata um preto!

— Pois eu lhe mostro como um branco deve ser tratado!

Iam se atracar, mas foram impedidos por Agostinho. Muitas pessoas se aproximaram, algumas para apartar, outras para incentivar a briga e talvez fazer parte dela.

O fazendeiro conteve seus ânimos, mas o negro Francisco parecia fora de si, tanto que Vital afastou-o dali, o braço direito ao redor do ombro dele:

— O que é isso, meu amigo. Você está muito nervoso. Isso não faz bem para o para a alma. Esqueça isso!

— Ele me paga!

— Paga nada! Sou capaz de apostar que até o final de tudo isso, os dois já viraram amigos. Aposto minha ração nisso. Vamos lá, um sorriso no rosto. Só estamos perdidos no meio do mar, sem leme e sem velas... nada pior do que isso pode acontecer, concorda?

A anedota pareceu surtir efeito. Ao final de algum tempo, Francisco já estava menos carrancudo.

No final, decidiu-se que todos receberiam partes iguais de comida.

Mesmo os passageiros mais importantes perceberam que naquele momento estavam nas mãos da classe mais baixa, que era quem de fato poderia tirá-los daquela situação.

Agostinho passou a sentir especial simpatia por Pedro, que parecia sempre muito solícito e pronto a ajudar. Ao final de todo o trabalho os dois se viram juntos, encostados na balaustrada.

— Pedro, você é de Portugal mesmo? — indagou o religioso.

Não era simplesmente uma tentativa de puxar assunto, mas um interesse real pelo outro. Ao contrário de seu superior, Agostinho gostava de aproximar-se do populacho e preocupava-se seriamente com seus problemas. "Não se misture com a gentalha promíscua ou se tornará tão promíscuo quanto eles!", advertia Milton, mas o rapaz apenas sorria.

— Sim, sou de Portugal. Nasci numa pequena vila, no campo. Eu era um órfão, pois meu pai morreu quando eu era criança. Fui criado pela minha mãe... era uma vida sofrida, de trabalho dia e noite. Eu trabalhava na lavoura e ela costurava para os vizinhos. Tempos difíceis, mas não consigo me lembrar deles sem sentir saudades.

O rapaz começou a chorar. Milton colocou a mão em seu ombro, para confortá-lo, mas não disse nada.

— Ela morreu, assassinada. Desde então eu não tive mais ninguém...

— Assassinada?

— Ela arranjou um homem. Ele a matou e sumiu com as jóias que minha mãe tinha guardado, todas as suas economias... desapareceu pelo mundo, o desgraçado. Se um dia eu o encontrasse...

Pedro enxugou o nariz na manga da camisa. Depois virou-se para o padre, já mais contido:

— Mas é preciso viver a vida, não é mesmo?

2 - Pedro

Pedro e mãe choraram a morte do pai por dois anos. Então, um dia, quando voltava para casa, Pedro encontrou um homem lá.

— Meu querido Pedro, venha cá conhecer o Amâncio. — chamou a mãe.

O homem fez-lhe um carinho na cabeça, desalinhando seu cabelo. Era um homem alto, de rosto anguloso, mas o que mais chamou a atenção do pequeno Pedro foi uma longa cicatriz que cortava seu rosto de um lado a outro.

— Então você é Pedro. Sua mãe me falou muito de você. Disse que você é um bom garoto...

— Eu conheci Amâncio numa festa lá na vila. — informou a mãe, e virando-se para o desconhecido: é um bom garoto sim, trabalhador, obediente. Vocês vão se dar bem. Vão ser como pai e filho.

O homem sorriu e abraçou Pedro. Tinha um bafo fétido.

— Sim, vamos nos dar bem. Vamos ser como pai e filho. Agora, a comida. Maria, onde está a sopa?

A mãe veio do fogão com uma panela fumegante de barro, segurando-a pelas bordas com um pano sujo.

— Já está chegando.

— Ah... essa comida... só o cheiro já me dá fome!

O homem tomou uma colherada, com o estrondo de um barco que afunda e estalou a língua. Depois deu um tapa na bunda da mulher.

— Ah, que delícia!

A frase tinha, obviamente, dupla interpretação, tanto que a mãe ruborizou:

— Querido, não na frente do menino!

— O que é gostoso é para ser elogiado!

Dito isso, comeu toda a sopa e ainda entornou uma garrafa de vinho. O melhor vinho da casa.

Naquela noite, Pedro não dormiu bem. Ficou ouvindo os gemidos e barulhos vindos do outro lado da casa.

Um mês depois acontecia o casamento.

A casa se encheu de gente. Veio um grupo de pessoas tocando instrumentos que Pedro jamais vira. Amâncio matou um leitão e assou-o, numa enorme fogueira, na frente da casa. Comeu muito e bebeu mais ainda. De tempos em tempos, tirava Maria para dançar e gritava para os músicos:

— Mais alto, mais alto! Agitação nisso, que hoje eu vou me esbaldar!

A mãe ria e acompanhava-o na dança, embora não bebesse tanto.

Pedro ficou num canto, sentando em um banco e olhando a festa. Algumas das vizinhas se aproximaram dele:

— Olhem só, é o filho do homem que morreu envenenado! Lembra disso?

— Claro que me lembro! Pobre homem! Não se deve mesmo confiar em forasteiros!

A mulher pegou na sua cabeça, desalinhando seus cabelos. Depois agarrou suas bochechas e sacudiu-as, achando, por alguma razão que isso agradaria ao garoto:

— Coitadinho! Mas agora que tem de novo um pai, deve estar feliz, não é mesmo? Então, meu bebê, está feliz com seu novo pai?

Pedro se levantou, irritado:

— Eu não sou bebê e ele não é meu pai.

Depois correu, gritando:

— Ele não é meu pai! Ele não é meu pai!

As pessoas pararam de comer, dançar ou cantar para olhar para o menino correndo na direção do campo e gritando:

— Ele não é meu pai!

Amâncio fechou o cenho e andou até o menino. Não estava afobado, nem parecia tão bêbado quanto realmente estava. Parecia apenas um homem decidido, certo do que fazer.

Pedro estava sentado no chão, as pernas envolvidas pelos braços e balançando os pés.

— Pedro?

O garoto levantou os olhos. Sob a luz da lua, aquela cicatriz parecia ameaçadora.

— Pedro?

— O que foi?

Então veio uma dor lancinante nos rins. O garoto caiu no chão, contorcendo-se. A dor parecia se espalhar por todo o corpo. Era uma dor como ele nunca sentiu, terrível.

— O que foi? Agora eu sou seu pai, e você vai me tratar com respeito, seu pestinha! Diga sim senhor, ou vai levar outro chute e agora vai ser no meio das pernas.

Pedro falou baixinho, quase um cochicho:

— Sim, senhor...

— O que foi? Eu não ouvi? Vamos, palerma, diga, para que eu possa ouvir. Diga alto!

— Sim, senhor!

— Isso, agora você vai levantar...

— Eu não consigo... a dor...

— Eu não perguntei se você consegue. Eu dei uma ordem. Você vai se levantar e vai voltar para festa. Vai pedir desculpas e vai sorrir como se seus dentes fossem bonitos e você quisesse mostrá-los. Entendeu?

— Sim, senhor...

— Isso. Agora vamos para a festa. Ainda quero dançar com sua mãe... ah, e outra coisa...

Amâncio pareceu sorrir.

— Hoje você não vai dormir dentro de casa. Sua mãe e eu queremos privacidade. Durma no estábulo, ou em qualquer outro lugar, ouviu?

— Sim, senhor.

3

Milton chamou Agostinho ao camarote. Era um camarote normal, mas ele chamava de catre.

O rapaz sentou-se na cama presa à parede e ficou de frente para o superior, sentado na cadeira, ao lado da escotilha.

O inquisidor fez uma série de sons inarticulados para mostrar desagrado, ou talvez raiva. O que havia de mais terrível nele era sua capacidade de esconder as emoções. Nem mesmo sob raiva extrema seu rosto parecia se alterar.

Agostinho tivera aquele homem como herói durante muito tempo, mas pensamentos que ele consideraria heréticos começavam a brotar de forma perigosa. Talvez seu superior não estivesse com a razão.

— O sexo e a sensualidade... — disse Milton, por fim.

Agostinho balançou a cabeça, não exatamente concordando, mas para mostrar que estava ouvindo.

— A sensualidade é o maior dos pecados, pois é através dela que o demônio se apossa dos homens e o faz cometer as maiores aberrações. A criança deve ser batizada para ser lavada do pecado. Santo Agostinho dizia que nem mesmo uma criança com um dia de vida era isenta do pecado: "O que é inocente nas crianças é a debilidade dos membros infantis, não a alma". A criança nasce pecadora, porque foi feita no pecado e é o pecado que lhe dá vida. Além disso, ao nascer, passa por locais que os modos não me permitem dizer, e peca novamente. Estando viva, peca quando chora exigindo os seios da mãe. Os seios da mãe, compreende?

— Sim, senhor.

— Você é jovem demais e talvez ainda não tenha conhecido as tentações do demônio...

O jovem religioso observou o homem que falava. As rugas

acumulavam nos cantos dos olhos e nas costas das mãos. Estava velho, mas, apesar das aparências, revelava uma incrível vivacidade. Parecia alguém que poderia destroçar um inimigo com as próprias mãos.

— Esqueça tudo que leu sobre o demônio. Ele é muito, muito, muito pior do que nossas mentes poderiam imaginar... e só sua proximidade já nos dá uma pequena visão do inferno.

Agostinho já ouvira isso antes. Mas não entendia porque o superior o chamara para ouvir essas mesmas descrições terríveis.

— Para nós o demônio é terrível, mas não o é para todos. Existem aqueles que deitam e dormem com o diabo...

— Apesar dos idiotas que apregoam ter o índio uma alma e sugerem que seja possível cristianizá-los... apesar deles... desses idiotas... os índios vivem no pecado... seus corpos imundos nus para a vergonha dos homens... e mesmo que lhes coloquemos roupas, ainda continuarão nus...

— Senhor, eu entendo, mas preciso...

— Não me interrompa! Da mesma forma que os índios, os negros... e muitos outros vivem com o demônio. Não deixe seu coração ser corrompido... veja com quem anda...

Agostinho percebeu. Tinha sido chamado por ter ajudado Pedro, Jean-Pierre e Samuel, e por ter intercedido pelo negro Francisco. Indignado, levantou-se. O superior segurou-o pelo pulso. Era um pulso forte, terrível.

— Estou lhe dizendo... não queira ouvir o chamado do demônio...

O rapaz subiu para o tombadilho. Manuel passou por ele. O religioso observou-o descer para a terceira coberta.

4 - Pedro

— Sabe o que esse pestinha fez?

Amâncio estava bebendo de novo. Parecia que nunca havia vinho suficiente para ele. O pior é que Maria não se importava. Ao contrário, aos poucos ela começou a beber com ele e, embora não ficasse bêbada, a verdade é que podia-se perceber os efeitos da bebida em sua voz.

— O que ele fez? Quer mais vinho?

— Quero. Coloque mais no meu copo. Sabe o que ele fez?

— Vamos, conte...

— Ele deixou desaparecer uma ovelha...

— Uma ovelha?

— Ficou surda? Vamos, tome um pouco mais de vinho. Vai lhe fazer bem. Hoje fui contar as ovelhas e faltava uma. Acho que foi morta por um lobo, pois vi sangue nos campos. Esse pestinha não sabe nem mesmo como evitar que uma ovelha seja morta...

A mãe se levantou e foi até o garoto, afagando-lhe o cabelo e sorrindo.

— Não brigue com o menino. Ninguém é perfeito. Além disso... tenho minhas jóias, não vamos passar fome.

A mãe andou, cambaleante, até um baú, revistou-o e tirou de lá um saco de pano. Então voltou para a mesa e derramou o conteúdo sobre o tampo. Eram jóias, mas nenhuma tinha qualquer valor. Pareciam mais serem feitas de ferro e pintadas de ouro. A ferrugem já tomava boa parte das peças, exibindo o núcleo nada nobre.

— Não precisamos de ovelhas. Temos jóias. Podemos vender as jóias e comprar mais vinho!

Amâncio fez uma expressão de desagrado.

— Jóias? Está louca mulher? Isto não vale nada. Não nos pagariam nem mesmo uma caneca de vinho por isto tudo. O fato é que ele deixou desaparecer uma ovelha. Foi servir de comida aos lobos!

Pedro levantou-se, decidido. Embora não fosse tão grande e forte quanto Amâncio, já não era mais um garoto. Os pêlos já começavam a aparecer em seu rosto, uma rala penugem branca. Já começava também a ganhar corpo e altura. E a voz... a voz começava a mudar. Ainda era, normalmente, o ganido fino de um cachorro novo, mas, em alguns momentos, adquiria uma entonação grossa perceptível. A voz de um homem feito.

— Não fui eu. Eu não perdi nenhuma ovelha! Foi você! Você roubou uma das ovelhas para vender no mercado!

— Eu? Do que está falando, seu peste? Por que eu faria isso? Todas as ovelhas são minhas!

— Não são não! As ovelhas são da minha mãe!

A resposta veio num forte tapa, que fez com que o garoto caísse e rolasse pelo chão.

— Não! Não bata nele! — disse a mãe, levantando-se e segurando a mão do marido.

— Esse... esse... esse bastardo... que ele acha que é?

Apesar do tapa, Pedro parecia ter ganhado confiança.

— Você não é bem-vindo aqui! Seu ladrão!

Amâncio ficou vermelho de ódio. Seus olhos chispavam.
— O quê? O que disse?
— Disse que você é ladrão e se aproveita da minha mãe!

Dessa vez nem mesmo a intervenção de Maria foi suficiente para impedi-lo. Amâncio se levantou, foi até o rapaz e chutou-o duas ou três vezes. Foi tudo muito rápido. Antes que pudesse dar pela coisa, Pedro está sentido os coices na barriga e entre as pernas. Caiu gemendo no chão. A mãe veio correndo em sua direção e colocou-se entre ele e o padrasto, de modo que seria impossível um novo ataque sem feri-la. Ela chorava.

— Pare com isso, por favor. Pare com isso! Por favor!
— Você ouviu o que ele disse? Ouviu? Eu trabalho de sol a sol para colocar comida dentro desta casa e esse pirralho vem dizer isso!
— Ele já teve uma lição! Deixe ele em paz!
— Hoje ele vai dormir lá fora, no estábulo!
— Está bem! Hoje ele dorme lá fora. Vá, meu filho. Vá antes que seu padrasto mude de idéia.

5

A mulher de branco estava sentada em sua cama. Jean-Pierre sentiu-se feliz ao perceber que ela havia comido o que ele havia deixado no dia anterior: alguns biscoitos, suco de limão e queijo.

— Sente-se bem hoje? — ele disse, e ela o acompanhou com os olhos.
— Qual é o seu nome?

Um longo silêncio.

A água batia no casco provocando um sussurro monótono.

A moça parecia imóvel com seu vestido branco, as mãos sobre o colo, recatada. Sobre um baú, o marinheiro viu uma escova e um espelho.

(Ela se penteia)

— Qual o seu nome? — repetiu ele.

Ela novamente não respondeu. Ele já ia se levantando, quando algumas palavras soltaram dos lábios bonitos e finos:

— Helena.

Uma alegria boba tomou o peito de Jean-Pierre. Era uma conquista pequena, mas real. Ela falara a primeira palavra, talvez a primeira já dita naquela viagem. Ia fazer outra pergunta quando Pedro irrompeu pela porta.

— Jean-Pierre! Uma parte da comida sumiu!

Sua entrada abrupta no quarto fez com que ele tocasse no ombro da moça. Ela olhou-o, estarrecida e recuou como se tivesse sido tocada por uma cobra. Jean-Pierre espantou-se ao vê-la soltar uma frase inteira:

— Saiam daqui! Saiam de perto de mim! Deixem-me em paz!

Ela dizia isso, no plural, mas olhava apenas para Pedro.

— Vamos, vamos ver isso! — decidiu Jean-Pierre.

Samuel e Agostinho já os esperava na terceira coberta.

— Pedro me disse...

— Sumiu uma boa quantidade de biscoitos, vinho, aguardente e um queijo. — adiantou-se Samuel.

Jean-Pierre refletiu:

— Não é muito...

— Se cada um de nós resolver saquear a despensa, logo não haverá mais nada. — argumentou Samuel.

— Não é correto com aqueles que seguem as regras acordadas por todos. — ajuntou Agostinho.

Pedro parecia refletir sobre o caso.

— Quem poderia ter feito isso?

— Quem desceu aqui, além de nós?

Agostinho lembrou-se do final da tarde anterior. Estava saindo de sua cabine quando vira o fazendeiro descendo à coberta.

— Manuel. Eu o vi vindo para cá.

Agostinho não gostava de lançar acusações sem prova, mas Manuel já se mostrara contrário ao sistema de cotas iguais para todos os sobreviventes. Será que ele seria capaz de fazer isso.

— Vamos ter que tomar uma providência. — Samuel parecia determinado.

— vamos marcar uma reunião.

Em pouco tempo, a maioria dos sobreviventes estava reunida no convés. Agostinho tomou a palavra:

— Meus amigos, está certo que combinamos que a comida seria divida por igual e que seria racionada para durar mais. Entretanto, parece que um de nós não concorda com essas condições...

— Roubaram parte da comida. — cortou Samuel.

Um clamor de indignação se levantou no grupo.

— Quem foi? — perguntou Luiza, uma viúva em viagem para o Brasil.

— Não temos certeza... — contemporizou Agostinho.

Samuel cortou:

— O padre viu Miguel descendo para a coberta.

Uma voz se elevou no grupo. Era Francisco:

— Eu também vi. Ele desceu sozinho! Ontem no final da tarde!

— Negro maldito! Do que me acusa?

— Não fui só eu. O padre também viu!

— Seus malditos! Como podemos confiar em vocês? Como podemos confiar que não estão desviando comida? Está certo, um padre... mas um padre que se envolve com gentalha... e quem fez a relação foi um maldito judeu!

Samuel bufou:

— Então confessa? Foi você?

— Não, eu não peguei comida nenhuma!

— Então por que desceu para terceira coberta?

— Já disse! Não peguei comida nenhuma!

Francisco ameaçou cuspir nele.

— Desgraçado! Vai nos fazer morrer de fome!

— Já disse! Não peguei comida nenhuma!

— Vamos revistar o camarote dele!

— Seu nojento! Quer entrar no meu camarote para roubar meu ouro, não é isso?

Agostinho colocou-se entre os dois:

— Senhor, se não pegou nenhuma comida, não tem nada a perder nos deixando olhar seu camarote...

Manuel ficou em silêncio, matutando consigo. Por fim disse:

— Está bem!

O grupo desceu à coberta e se postou na frente do camarote. Era impossível entrar tanta gente. Manuel escolheu apenas o padre e seu superior para entrarem.

Agostinho entrou, olhou rapidamente e decretou:

— Não há nada aqui. Este homem não roubou a comida!

— Pare de proteger esse ladrão! Revistem o quarto! — gritou Francisco, indignado.

— Melhor olhar tudo, senhor... — opinou Agostinho.

Revistaram o quarto. Encontraram apenas alguns biscoitos:
— Restos da minha ração de ontem...
De fato, só aquilo não era suficiente para acusar ninguém de nada. A não ser que tivesse comido tudo de uma vez, o que era pouco provável, Manuel não era o ladrão.
— Vamos embora...
Samuel aproximou-se do padre.
— Não é ele. — disse Agostinho.
— Ele pode ter escondido a comida...
Ao subirem ao convés, deram com o contramestre sentado sobre o rolo de cordas. Ele ria à solta:
— Há! Há! Há! Armaram a arapuca, mas pegaram o passarinho errado!
Jean-Pierre aproximou-se:
— Sabe quem roubou a comida?
— Claro que sei. Mas iriam ter uma surpresa se eu dissesse... ah, antes que fiquem a pensar coisas, não fui eu...
E voltou a rir seu riso sarcástico.

6 - Pedro

Pedro saiu a contragosto. Lá fora uma coruja passou por ele e soltou um pio alto e forte. Ele lembrou-se de que sua mãe dizia ser isso um sinal de mau agouro, ou de morte na família. O corpo ainda doía dos chutes. Essas surras haviam se tornado cada vez mais comuns. Quando a mãe estava em casa, elas se limitavam a um tapa e um ou dois chutes, mas quando ela ia para a vila, o padastro era capaz de bater nele até que Pedro não pudesse mais se mexer. Ele também já estava se acostumando a dormir no estábulo. Embora não fosse tão quente quanto dentro de casa, a proximidade com os animais fazia com que a noite não fosse exatamente um inferno de frio. Ainda assim, havia algo de triste e humilhante naquele ritual de dirigir-se ao celeiro.

O pior era perceber que a mãe não tinha forças para impedir nem as surras, nem as noites no celeiro. A mãe não parecia mais a mesma pessoa. Algo se perdera nela com o tempo. Parecia que a cada dia ela se tornava mais e mais escrava daquele homem nojento.

Pedro não conseguiu conciliar o sono. Passou a noite inteira rolando de um lado para o outro, aterrorizado por pesadelos. Até mesmo os animais ficaram nervosos. Ele sonhava com o cachorro morto vindo mordê-lo, com o pai surgindo de repente no estábulo e falando com ele com uma voz enrolada e gorgolejante, os olhos vazios de órbitas brancas. Sonhava com sangue, muito sangue que sujava sua roupa e não saia por mais que ele lavasse no rio. Nem mesmo sabão parecia ser capaz de tirar aquele sangue — e no seu sonho ele tinha sabão à vontade, mas era como se não tivesse nada, pois assim que terminava de lavar, o sangue brotava de novo na roupa, manchando-a. Ele ouvia o barulho de vozes, muitas e muitas, chamando por ele, mas era um chamamento diabólico, como se as portas do inferno tivessem se abrindo e de lá escapasse apenas as vozes dos condenados.

Foi um alívio quando o dia nasceu e o sol bateu em seu rosto. Depois daquela noite, ele ansiava pela luz. As trevas eram para ele como que a bebida para um bêbado num dia de ressaca. Ele queria se afastar delas, mas ao mesmo tempo exerciam um fascínio sobre ele.

Ele se levantou e andou pelo quintal. As galinhas ciscavam e as ovelhas pareciam nervosas, balindo insistentemente. Talvez estivessem com fome. Ou talvez não.

Não havia nenhum ruído humano. Nenhuma fala, o que era estranho, pois a mãe e o padrasto costumavam acordar cedo. "Deve ter sido a bebedeira", pensou Pedro.

O que faria agora? Abriria a porta? Isso poderia lhe render mais uma surra. Mas estava com fome, e, além disso, estava preocupado. Ficou lá, diante da porta, pensando se entrava ou não. Por fim, decidiu-se.

A porta rangeu e reclamou para se abrir e a luz do sol invadiu o compartimento único. Algo estranho ali. Não havia ninguém no lugar onde ela e o padrasto dormiam. Onde estariam eles? Pedro precisou aguçar os olhos e acostumá-los à escuridão que ainda imperava na casa. Onde estavam?

Num canto escuro, algo pendurado na parede. Parecia um porco aberto ao meio. Mas Pedro não se lembrava de terem matado nenhum porco. Andando a passos cuidadosos e incapaz de tirar os olhos da coisa pendurada na parede, ele avançou até a janela e abriu-a. um novo foco de luz entrou na casa e foi iluminar justamente aquela canto da casa.

O rapaz aproximou-se da carne pendurada na parede e tocou-a, apenas para recuar horrorizado.

Não era um porco. Era sua mãe! Ela estava pendurada num gancho, de modo estranho, como se estivesse de cabeça para baixo. Mas onde estava a cabeça? Temeroso, Pedro puxou o corpo e quase vomitou com o que viu: o ventre da mulher estava aberto de cima a baixo, as tripas para fora. Havia uma grande quantidade de sangue no chão e alguns dos órgãos estavam ali, mas parecia emergir deles uma estranha lógica.

A cabeça? Onde estava a cabeça? Ele olhou à volta, procurando... então viu. A cabeça estava sobre a mesa, seus cabelos delicadamente arrumados ao redor. A boca estava entreaberta e os olhos perdidos. Havia cortes de faca no rosto, vários, deixando aparecer a carne em meio à pele.

O padastro não estava em casa. Tinha desaparecido. Pedro gritou até que seu pulmão quase explodisse e jurou centenas de vezes que um dia pegaria quem tinha feito aquilo.

Capítulo 04

No qual o capitão é operado e Manuel aprende a fazer panetone, ao mesmo tempo em que descobre o amor.

1

Percebendo que não seriam resgatados tão cedo, os sobreviventes começaram a cozinhar. Havia sido muito difícil reacender o fogo, quase extinto, mas conseguiram. Manuel mostrara-se um cozinheiro de talento, talvez até melhor do que o anterior, tragado pelas ondas.

— Foi cozinhando que conquistei ao coração de Maria. — disse, animado. Nem parecia o bêbado que Pedro e Jean-Pierre haviam encontrado junto ao vinho dos oficiais.

Decidiu-se por matar uma galinha e fazer uma canja, uma receita portuguesa revigorante. Durante os preparativos, alguém se lembrou do capitão. Onde estaria? A maioria não o havia visto desde a noite de tempestade.

Pedro e Jean-Pierre se encarregaram de procurá-lo.

Acabaram o encontrando em sua cabine. Estava semi-adormecido, como que desmaiado. Balbuciava palavras sem sentido sobre seu querido tesouro, agora já bem escondido. Parecia em febre.

— Capitão, pode nos ouvir? — indagou Pedro.

— Não se aproximem... o tesouro deve ser resguardado.

— Capitão, suba conosco e venha comer alguma coisa.

O homem não se mexia. Jean-Pierre achou estranho e retirou as cobertas. A perna esquerda parecia normal, mas a direita... era uma chaga viva, já deformada e inflamada.

Jean-Pierre diagnosticou:

— Será necessário trazer sua comida aqui para baixo. Ele não tem condição de andar...

O marinheiro tocou a testa do capitão com as costas da mão e tirou-a em seguida.

— Está ardendo em febre!

Agostinho estava no tombadilho, observando o sol deitar-se no horizonte quando sentiu uma presença ao seu lado. Era Luiza, a viúva. Ela encostou a mão na balaustrada e ficou ao lado dele, em silêncio, observando o sol sumir no horizonte.

— Você não parece um padre. — disse, por fim, e tirou os cabelos dos olhos, num gesto que perturbou Agostinho.

— Não pareço?

— De forma alguma. Padres são velhos e rabugentos. Conheço alguns padres.

— Os velhos já foram jovens um dia...

— Não é verdade. Quem é velho nasceu velho e morrerá velho. A velhice não está no rosto, está na alma.

Agostinho riu:

— Então não pareço padre. Com o que pareço?

— Talvez um aventureiro... um homem de coragem, pronto a desbravar o novo mundo com sua espada invencível.

— Não sei se sou muito bom com a espada... e parece-me que quem anda a desbravar o novo mundo com a espada são os espanhóis e tenho ouvido horrores sobre o que fazem com os pobres índios...

— E acaso é diferente o que vocês fazem com os índios?

— Nós catequizamos os índios, apresentamos a eles a palavra salvadora de Cristo...

— Vocês só se preocupam com os índios porque na Europa estão a perder adeptos. É uma questão de quantidade. A melhor religião é aquela que tiver mais adeptos...

— Você é muito direta...

— E é surpreendente que eu esteja viva. É isso que você quer dizer? Geralmente as pessoas que falam o que pensam não sobrevivem muito nos tempos atuais...

Agostinho assentiu com a cabeça.

— Sei ficar quieta quando necessário.

— Mas se arrisca falando isso comigo...

— Não arrisco nada. Sei que você não usaria o que eu disse contra mim... além disso, este navio é um local diferente de todos os outros nos quais já estivemos. O que vale lá fora não vale aqui...

— Estranho, também penso assim. Há algo nesse navio...

— Já leu Rousseau? — cortou a viúva.

— Sim, o filósofo francês... Leitura proibida, mas que pode ser conseguida com algum esforço. Um amigo me conseguiu com a condição de que eu lhe devolvesse o mais rápido possível e não dissesse uma única palavra sobre onde havia conseguido tal obra... mas não entendo...

— Rousseau dizia que o Estado surgiu de um contrato feito pelos homens para o bem comum... este navio é como a sociedade antiga. Estamos aqui a remedar o primeiro contrato social...

Agostinho pensou sobre o assunto. Era uma idéia ousada e surpreendente. Mais surpreendente ainda que viesse de uma mulher. Ele disse isso a ela.

— Sou viúva. Não devo satisfação a ninguém. Leio o que quero e penso o que quero.

Luisa fitou o horizonte, ficando de perfil. Agostinho percebeu que tinha lábios carnudos e vermelhos. As mãos apertavam uma à outra. Era mãos brancas, mas fortes. Devia ter pouco mais de trinta anos.

— Você ainda é jovem para ser viúva...

— Meu marido era um homem velho e rico. Casei por imposição da família. Fiz isso, mas decidi que seria a última coisa que me obrigariam a fazer.

Ela olhou-o nos olhos e agostinho percebeu que ela tinha grande olhos amendoados. Era um olhar firme, decidido.

— Agora que estou viúva, sou eu que mando em minha vida. Sou dona de meu nariz, como dizem. Faço o que desejo.

Os dois estavam tão próximos que agostinho podia sentir a respiração da moça.

— Por que decidiu ir ao Brasil?

— Na verdade, moro no Brasil. Fui a Portugal resolver o caso de alguns documentos. Queriam tomar minha fazenda.

— Não tem medo de viajar assim sozinha?

Luiza riu.

— Medo, eu?

— Sim, agora, por exemplo, corre certamente risco com os marinheiros...

— Reveja seus conceitos. Nem sempre o perigo vem de onde se imagina. Comigo o perigo veio de onde eu menos esperava. Em todo caso, sei me virar e posso garantir que aquele que tentar qualquer coisa vai ficar sem seu passarinho.

Disse isso e fez um gesto com a mão direita, como se apertasse uma bola.

— Agostinho! — precisamos de você!

O religioso olhou por cima dos ombros. Era Pedro, que vinha gritando.

— O que aconteceu?

— O capitão. Está em fogo... febre!

2 - Manuel

Manuel costumava dizer que só começou a viver quando conheceu Maria. Era já um homem feito, nenhum garoto, mas de fato nunca vivera. Sua rotina, desde que nascera, era a padaria do pai. Era um padeiro de talento, que não se contentava em fazer pães normais. Gostava de experimentar receitas e variar o cardápio oferecido pela casa.

Quando soube da existência do panetone, logo se interessou pela novidade. Foi informado que a iguaria tinha sido criada na Itália e que se chamava assim porque fora inventada por um padeiro de nome Tone. Pane de tone. Panetone. A pessoa que lhe contou, disse que o tal tone criara o pão para aplacar a fome de vingança de um rei que sitiava a cidade.

Manuel se encantou com a idéia de um pão salvando uma cidade e mais ainda com o sabor que o estrangeiro lhe oferecia. Era uma massa suave e doce, com deliciosas passas. Tanto que tentou, tentou, até conseguir reproduzir o sabor.

Pareceu-lhe que era uma previsão. Justo no dia em que o panetone pegou o ponto, Maria visitou a padaria pela primeira vez.

Embora os amigos dissessem que ela era gorda e vesga e já não andasse na flor da idade, a Manuel ela pareceu uma princesa. A boca, que aos outros parecia torta, a ele era um exemplo da sabedoria estética do divino Deus. A voz, esganiçada para muitos, era uma melodia de sereias sussurrando nas beiras dos lagos e contando os segredos dos tesouros deixados pelos mouros, guardados por elas.

Em uma palavra: Manuel se apaixonou, como nunca havia se apaixonado antes por nada, exceto talvez pelos pães. Mas os pães não falavam com ele. Os pães eram quentes apenas quando ele os tirava do forno... e Manuel já pensava em arranjar uma costela para esquentar sua cama nas noites frias de inverno, quando se olha para o lado e se sente falta de alguém ali.

Manuel atendeu-a, recebeu o dinheiro, e acompanhou-a com o olhar, totalmente inebriado.

Só quando ela já havia sumido na esquina é que ele percebeu que não sabia nem mesmo o nome dela. O panetone! Poderia ao menos ter lhe dado um panetone de presente! Que idiota era ele! Ia correr atrás dela agora mesmo, gritando a plenos pulmões seu amor...

Mas seria ridículo. Em todo caso, Manuel não teria mesmo coragem. Além disso, qual seria a reação dela? Não seria muita indelicadeza dele para com tão nobre senhorita? Sim, senhorita, pois ele observara seus dedos e não havia nenhum anel ali, nem de casamento, nem de noivado.

Era uma senhorita, linda e desimpedida, à espera dele e de seus pães.

Naquela noite Manuel não dormiu. Isso em si não era novidade, pois o ofício o obrigava a dormir pouco a cada noite, acordando cedo para preparar a massa e assar. O que era novidade é que naquela noite ele rolou de um lado para o outro, rememorando cada detalhe do rosto virginal da sua senhorita. Rememorando cada palavra dita por ela:

— Quanto é o pão?

— Para a senhorita todo o pão é de graça, e a princesa ainda leva consigo, de brinde, o meu coração. Uma lembrança... a senhorita não é daqui, logo se vê...

— Minha patroa se mudou há pouco, mas vou virar freguesa de tão doce padeiro... — disse ela piscando seu olho vesgo.

Não, não fora assim que acontecera. Manuel não tivera coragem de dizer nada mais que o preço do pão.

— Que idiota! — pensava ele, e virava de lado. Esse lado não parecia bom, e ele virava do outro lado. Também esse não encontrava jeito, e virava de novo.

No dia seguinte, ele procurou pela sua princesa e a encontrou lavando a roupa de sua patroa. Estufando o peito, ele propôs:

— Case-se comigo e eu lhe darei muito amor e pães!

Ela se agarrou a ele, pendurando-se em seu pescoço e ficando apenas na ponta dos pés. De lá foram para a igreja, onde todos os amigos os esperavam. Foi uma festança enorme, com muito vinho e comida. Ele até preparou uns biscoitos de polvilho, difíceis e trabalhosos, e que desapareciam como que por encanto, graças aos comensais que comiam aos montes, dizendo entre si: "Isso sim é uma delícia!".

De lá foram para uma lua-de-mel como jamais se viu outra. Manuel usou todas as suas economias e levou sua princesa para um castelo tão grande e belo quanto o amor que sentiam um pelo outro. E viveram feliz para sempre, eles, os pães e dez filhos.

Que fantasia! Era impressionante como a imaginação voava quando o sono não vinha! Só faltava imaginar-se com ela, sua bela senhorita, passeando pelo céu num unicórnio voador em meio a nuvens de algodão...

No dia seguinte, pela primeira vez em anos, Manuel perdeu a hora e sua padaria não abriu logo cedo. Tinha dormido muito tarde, mas também quando o fizera, ferrara no sono. Que se danasse. Ia dormir mais! Então lembrou-se que sua doce princesa talvez aparecesse por ali atrás de pão, e pulou da cama, recriminando-se pela falta.

A moça não apareceu de manhã, mas Manuel pode se informar com os clientes. Suas deduções estavam corretas. Ela era criada de uma senhora que se mudara há pouco para a vizinhança. Fora isso, ninguém sabia mais nada.

O padeiro esperou que ela aparecesse de novo, o que aconteceu à tarde. Mais uma vez a mulher veio rebolando pela calçada, entrou na padaria, seu perfume exalando mais forte que o aroma dos pães recém-assados, pediu uma dúzia de pães e... e sumiu.

Manuel não teve coragem de falar uma única palavra. Ficou petrificado, como se tivesse sido vítima de uma Medusa.

Só depois que ela já desaparecera é que ele percebeu que de novo não havia tomado nenhuma atitude. Odiou-se por isso e arrancaria os cabelos, se eles já não fosse escassos. Assim, tirou o lápis que trazia agarrado à orelha e quebrou-o em muitos pedaços. Era um estúpido! Tinha perdido mais uma vez a grande chance de falar com ela.

Manuel passou o resto do dia acabrunhado, com o olhar perdido no horizonte, tanto que deu troco errado por duas vezes. E só despertava de seu transe porque os clientes berravam com ele:

— Oh, seu Manuel! Olha o que está fazendo! Pedi uma dúzia de pães e não um quilo de trigo!

— Sim, sim, minha senhora. Pois não, aqui está!

— Seu Manuel! Eu pedi pão!

— Mas claro!

— Seu Manuel, isso é o gato, embrulhado em papel de pão!

— Mil desculpas, minha senhora. Vou colocar mais dois pães para a senhora ficar satisfeita. Volte sempre, viu?

E foi assim o resto da tarde. Ele não tirava os olhos das curvas voluptuosas de Maria, que ainda pareciam dançar na sua frente.

3

Agostinho desceu à coberta na direção do quarto do capitão. Encontrou-o na cama, delirando e falando frases desconexas sobre seu tesouro.

Os dois marinheiros descobriram o lençol e deixaram à vista a perna. Agostinho havia tido lições de medicina e sabia que a gangrena estava tomando conta de tudo.

— O que aconteceu com esse homem? — perguntou.

Pedro pareceu constrangido:

— Provavelmente deve ter sofrido um acidente, durante a tempestade.

— É muito estranho, pois o acidente aconteceu há pouco tempo e a ferida não deveria estar nesse estado. Em todo caso, ele vai morrer se não amputarmos a perna.

— Amputar? — Jean-Pierre parecia apavorado.

— Conseguem uma serra?

— Acho que sim. — respondeu Pedro.

— Vamos precisar também de uma faca afiada. Uma faca longa.

— Já tivemos um cirurgião a bordo. Acho que podemos encontrar tanto a faca quanto a serra entre as coisas que ele deixou no navio.

— E vamos precisar de aguardente. Só o aguardente vai ajudar esse pobre homem a resistir.

Os dois já iam saindo quando Agostinho lembrou:

— E fogo. Vamos precisar de fogo.

Com alguma dificuldade, os três homens entornaram pinga na boca do homem até que ele ficasse mais inconsciente do que já estava.

Agostinho pegou uma corda e amarrou forte na perna, no ponto acima de onde seria feito o corte. Depois agarrou a faca longa e olhou para os outros. Pedro segurava a serra e Jean-Pierre estava ao lado de uma vasilha de metal, repleta de brasas. Uma colher com cabo de madeira fora mergulhada nas brasas e já estava vermelha com o calor.

— Prontos?

Os dois fizeram que sim com a cabeça.

O golpe desferido foi certeiro. A faca afiada entrou fundo na carne.

O capitão reagiu gritando como um louco. Pedro foi obrigado a segurá-lo para que Agostinho terminasse o serviço. A faca ia avançando pela carne, separando músculos e encharcando de sangue o colchão. Algum tempo depois, o osso apareceu. Agostinho olhou para Pedro:

— Eu seguro ele! Preciso de alguém mais forte para serrar isso.

Pedro segurou a serra, enquanto o religioso segurava o capitão. Agostinho ficou surpreso com seu sangue frio. Ele avançou com o instrumento rapidamente, como se já estivesse acostumado a fazer isso, e em poucos segundos a perna estava totalmente separada do resto do corpo.

Jean-Pierre pegou a colher e começou a aplicar o ferro quente contra a chaga aberta, cauterizando a ferida.

O capitão desmaiou. Mesmo embriagado, havia mais dor ali do que um homem pode suportar.

Pedro e Agostinho estavam sujos de sangue, que espirrara durante a operação.

— Vamos nos lavar e comer uma canja. — disse.

Pedro sorriu.

Para surpresa de todos, a comida estava saborosa. Terminado o jantar, Agostinho desceu, levando um prato de canja para o capitão. Este olhou-o, estranhando:

— Quem é você?

— Sou um dos passageiros. Ouça, o senhor precisa comer para recuperar suas forças...

— Onde está meu tesouro? Onde está minha esposa?

— Senhor, eu nada sei sobre seu tesouro ou sobre sua esposa. Ela não embarcou com o senhor. Deve estar em terra firme, viva e saudável. Agora precisamos cuidar de sua saúde.

O capitão chorou:
— Minha esposa. Minha pobre esposa...
— Por favor, coma...

Agostinho levou uma colher à sua boca. O capitão comeu, mas como uma criança que ainda não aprendeu a controlar seus órgãos. Mal abria os lábios quando a colher se aproximava e olhava num ponto fixo, dizendo sempre:
— Minha esposa. Minha querida esposa. Você está aí?

4 - Manuel

Quando chegou a noite, Manuel fechou a padaria e foi perambular pelos lados da casa da nova moradora. Fazia de conta que só estava exalando o ar puro do fim de tarde, mas olhava ostensivamente para o sobrado, a ponto da patroa ter dito ao esposo:
— Olha lá aquele paspalho! Está aí feito uma barata tonta! Ou é um ladrão ou sei não...
— Joaquina, você sempre maldando as coisas... vai ver que o coitado está perdido...
— Se estivesse perdido, ia procurar a casa dele, e não ficava rondando a nossa.
— Ah, devias é ler menos esses romances! Estás com a cabeça a pensar demais. Mulheres que pensam muito ficam loucas.
— Posso ter ficado louca, mas que isso tudo é muito estranho, isso lá é!

No final das contas, acabaram se esquecendo do homem estranho e foram dormir.

O padeiro ficou lá, com seu olhar perdido. Até que só sobrassem ele e os gatos miando nos telhados.

Tomando coragem, ele pegou uma pedra e jogou numa janela que imaginava ser da criada. Ficou alguns minutos esperando, na angústia de não saber se era a janela certa. Teve vontade de ir ao banheiro. Apertou as pernas para domar ao desejo e jogou nova pedra. O som que ela fez contra a madeira pareceu um estrondo, mas deve ter sido só um tec de nada no meio da noite.

Em todo caso, acordou a moradora da casa, que abriu a janela. Manuel foi tomado por um medo anormal e correu para esconder-se. A janela ficou aberta por alguns instantes e percebia-se que alguém olhava de um lado a outro.

Então a janela se fechou.

Perdera a oportunidade de novo! Dessa vez a vontade de ir ao banheiro tornara-se ainda mais premente. Teve vontade de mijar ali mesmo, mas seria o cúmulo da descortesia. Acordar sua dama de noite e ainda urinar debaixo da janela de seu quarto seria o cúmulo da falta de romantismo.

Assim, pegou uma nova pedrinha e voltou a lançá-la contra a janela. Dessa vez, jurou, ia até o fim.

Quando a janela se abriu, as pernas quiseram correr desesperadas, mas ele segurou-as, dizendo para si mesmo: "Fica paspalho!"

— Quem é que está jogando pedras na minha janela?!

Era ela, sua donzela, sua deusa querida e idolatrada. Contra a luz da lua ficava ainda mais linda. Sua pele adquiria uma qualidade diáfana e seus olhos pareciam faróis iluminando uma vida.

— Er... fui eu, senhorita minha!

— Quem é você? Eu por acaso lhe devo dinheiro? Se for, nem adianta! Não tenho um tostão. Suma ou eu chamo a polícia!

— Não, senhorita! A senhorita me entendeu mal! Não vim cobrar nenhuma dívida!

— Então veio fazer o que a essa hora da noite?

— Eu vim... vim...

A voz não saia. Como justificar essa visita tão estranha em tão adiantada hora? Então lembrou-se do presente.

— Minha cara senhorita! Trouxe-lhe um presente!

E estendeu o pacote com papel pardo.

A moça abriu o pacote e viu seu conteúdo.

— Ah, é o padeiro! Veio me trazer um pão de madrugada? Que história é essa?

— Não é um pão qualquer. É um panetone.

— Como?

— Um panetone. Pão de toni. Uma iguaria digna de uma rainha. Veja como é suave a massa, como ela imita a beleza de suavidade de sua pele... como seu aroma derrete na boca, e como as passas apresentam um belo contraponto... um verdadeiro manjar dos deuses.

Enquanto falava, Manuel via espantado a mulher devorar a três bocadas o presente. Foi tão afoita que migalhas se espalharam pela camisola.

— É, não é ruim não! Só achei pouco. Da próxima vez traga mais!

— Sim, sim, minha senhorita!

— Agora vou dormir, que acordo cedo.
— Claro, claro!
— E quero deixar claro que só aceitei esse presente por educação, viu?
— Como não? Óbvio que sim.
— Espero que não esteja com segundas intenções...
— Nem penso nisso!
— Ótimo. Agora vou dormir!
Mas antes de fechar as janelas, ela recomendou:
— Da próxima vez, traga um pão maior, certo? E umas rosquinhas para ajudar a digerir.
Manuel voltou para casa com o coração aos pulos. Sua donzela havia aceitado seu humilde presente! Não só isso! Também pedira mais! Era mais do que um homem poderia querer!
Naquela noite ele sonhou que fazia dezenas, centenas de pães, e que sua musa os devorava um a um, até que não restassem nem mesmo migalhas.

5

Jean-Pierre desceu até o camarote da mulher de branco. Levava consigo um prato de canja e um biscoito.
Helena sorriu ao vê-lo. Uma reação estranha, diante da forma como ela o expulsara da última vez.
Ele depositou o prato sobre a mesinha e sentou-se ao seu lado.
— Helena, vejo que está bem melhor...
Ela olhou para ele:
— Eu sei o seu segredo...
O rapaz estremeceu:
— Meu segredo?
— Sinto muito por tudo que passou. Sei que não foi culpa sua.
Se ela parecia linda antes, agora, sorrindo, aparentava um anjo.
— Eu trouxe comida para você.... coma um pouco.
Ela pegou o prato e começou a comer pequenas colheradas. Tinha um ar elegante, as mãos delicadas. Isso fascinava Jean-Pierre.
Entre uma colher e outra, ela olhou-o nos olhos:
— Não deixe que seu amigo Pedro venha aqui...
— Pedro? Sim, se você quer, vou proibi-lo de vir aqui...
— Como está o capitão?

O rapaz franziu o cenho. Helena não poderia ter como saber o que acontecera ao capitão.

— O que sabe do capitão?

— A esposa dele esteve aqui comigo.

Um calafrio percorreu a espinha de Jean-Pierre.

— A esposa dele? Impossível! Não embarcou nenhuma outra mulher além de você e daquela viúva...

— Ela mandou um recado. Diga ao capitão por mim?

— Qual recado?

— Ela disse que o está esperando... promete que diz isso a ele? É o único modo... eu...

Jean-Pierre prometeu. Naquela noite ele pensou em dividir a cabine com a moça, mas achou que isso não seria correto. Tentou dormir na coberta onde ficavam os marinheiros, mas um pensamento o assaltava. Já era alta noite quando ele se levantou e foi até a cabine do capitão. A porta rangeu suavemente e o rapaz achou que isso teria acordado o capitão, mas o homem estava lá, de olhos abertos, como se estivesse aguardado por ele.

— Capitão... capitão, eu... preciso lhe dizer algo... tenho um recado de sua esposa.

A reação foi imediata. O capitão, que até então tinha o olhar perdido, olhou interessado para ele.

— Ela disse que está esperando por você.

O capitão sorriu.

Jean-Pierre fechou cuidadosamente a porta e voltou para sua rede. Dormiu muito bem.

Acordou cedo no dia seguinte, como era seu costume. Levantou-se da rede e subiu a coberta. Quando estava na primeira coberta, por alguma razão, sentiu que deveria fazer algo, mas o quê? Era como se tivesse se esquecido de alguma coisa. Olhou para o lado e viu a porta da cabine do fazendeiro. Suas pernas o levaram naquela direção, embora sua mente perguntasse ininterruptamente por que fazia isso.

Finalmente chegou no seu destino e parou. Levantou a mão esquerda e tocou suavemente na porta, que abriu com um rangido. Esperava receber uma repreensão, mas não ouviu nada. Deu dois passos e entrou no camarote. Foi quando teve de segurar um grito de terror.

O fazendeiro estava morto. Assassinado!

CAPÍTULO 05

No qual Milton explica como o demônio se disfarça e Agostinho conhece um anjo.

1

Agostinho dormiu a noite inteira um sono dos justos. A conversa do dia anterior com a viúva ainda batia e rebatia em sua cabeça. Ela dissera que ele não parecia um padre... e tinha sido tão dura, mas ao mesmo tempo tão suave. "Não", pensou ele "Não devo cometer o mesmo erro duas vezes!". Nisso olhou para o lado e encontrou seu superior sentado na cadeira como antes.

— Eu velei seu sono, meu bom pupilo. Dormiu bem. Na minha idade, não consigo mais dormir como os jovens. Mas será que era mesmo um sono correto? Percebi que murmurava palavras inteligíveis... não teria sido visitado por um súcubo?

Agostinho enrubesceu. Um súcubo era um demônio sexual feminino. Quando um monge ejacula durante a noite, era o demônio, na forma de mulher, encantando-o e levando-o na direção das trevas. "São crendices", dizia seu professor de Filosofia Natural, muito baixo para que não pudesse ser escutado, e apenas para ele, que era seu discípulo mais querido e mais confiável. "Tive ocasião de examinar o corpo humano e de investigar muitos casos. Posso lhe dizer que as poluções noturnas são um fenômeno absolutamente comum. É apenas uma reação do organismo, uma descarga".

Agostinho olhou para a batina, temendo que estivesse suja e isso provocou uma risada sarcástica de seu superior.

— Ouça, meu filho, não flerte com o demônio. O demônio é a mulher. Sábios eram Heinrich Kraemer e James Sprenger. Eles diziam que deve-se exorcisar o demônio que tem seios e cabelos longos. Leia Malleus Maleficarum, meu filho.

E, olhando para cima, recitou, como aprendera, em espanhol: *"su voz es como el canto de las sirenas, que con sus dulces melodías atraen a los viajeros y los matan. Pues los matan vaciándoles el bolso, consumiéndoles las fuerzas, y haciéndolos abandonar a Dios."*

— Agostinho, não te iludas. A bruxa, feia, com os cabelos desgrenhados, desdentada e apavorante é a mulher em seu estado natural, pois o diabo vive da luxúria carnal, que nas mulheres é irresistível. A mulher, meu filho, é mais amarga que a morte. Seu beijo é como a picada do escorpião. Seu abraço é um garrote que tira do homem a vida. A serpente seduziu Eva, que fez perder o homem. Não fosse ela, teríamos o paraíso na terra. São Bernardo disse que seu rosto é um vento queimante e que sua voz é como o sibilo das cobras.

O Inquisidor fechou os olhos e arranhou o encosto da cadeira com as unhas, como se resistisse a algo.

— Catão de Utica disse que se pudéssemos nos livrar das mulheres, não teríamos necessidade de Deus nas nossas relações, pois sem a malícia e bruxaria das mulheres, o mundo não conheceria perigos. Valerlo disse delas que são como as Quimeras, pois o monstro tinha três formas: seu rosto era do radiante e nobre leão, tinha o ventre asqueroso de uma cabra e o rabo era de uma serpente. Da mesma forma, a mulher é formosa em aparência, contaminada ao tato e mortífero viver com ela. Os Eclesiastes dizem dela que "No hay cabeza superior a la de una serpiente, y no hay ira superior a la de una mujer. Prefiero vivir con un león y un dragón que con una mujer malévola".

Embora tencionasse discordar, Agostinho preferiu calar-se. Não parecia que a mulher fosse nada disso. Ele conseguia ver na filha de Eva a candura e o instinto materno, a emoção que homens embotavam.

— Mas é bom que saiba, meu bom pupilo, que não é só a mulher a fonte da danação. Também os judeus o são.

— Mas, senhor, Jesus e os discípulos eram judeus!

— Os apóstolos se redimiram ao tornarem-se cristãos, como Paulo, que limpou suas mãos do sangue quando se converteu. Quando ao Cristo ser judeu, não diga heresias, não diga heresias!

E lançou um olhar inquisidor, como se esperasse ser contestado. Como agostinho não dissesse nada, continuou.

— As verdades reveladas estão além da dúvida e não queira usar sua lógica humana e falível para entender os desígnios divinos. As coisas são dessa forma, e que Deus me puna se forem diferentes do que falo. O demônio, ele em pessoa dá aulas nas sinagogas. Meu filho, os judeus tomam como cuidado seu profanar hóstias e envenenar a água benta. Dizem que cospem sobre a hóstia usando a mesma boca que beijou as pudentas do diabo. É graças a eles que surgiu a peste negra, a febre amarela e todas as outras desgraças. Se não fosse assim, porque seriam perseguidos em todos os cantos? São como baratas, como ratos, covardes e dissimulados. São o povo do demônio, que quer dominar o mundo, mas será pisado como a virgem Maria pisou a cobra!

Disse isso e franziu o cenho de sobrancelhas carregadas.

— E não se misture com o negro. Não defenda negros. Como o pecado, o negro é inimigo da luz e da inocência. Santa Tereza era uma inimiga ferrenha do mestre das trevas e um dia ele a visitou. Era um garotinho negro com uma chama vermelha. Estava nu, pois os demônios, assim como os negros, não têm vergonha de seus próprios corpos. E assim, nu, ele se sentou sobre as sagradas escrituras, máxima heresia e com suas pudentas em chamas queimou o livro.

Nisso ouviram batidas na porta. Agostinho foi abrir. Era Pedro.

— Senhor padre, uma coisa terrível aconteceu.

— Uma coisa terrível?

— É monstruoso!

— Vamos, diga logo!

— Temos um morto. Um assassinato!

— Quem?

— Miguel!

— Vamos ver isso.

Enquanto saia, Agostinho ouviu seu superior falar às suas costas:

— Eu disse! É o demônio! Ele está neste barco...

2 - Agostinho

A primeira vez que Agostinho viu Ana ela lhe parecera não um demônio, mas um anjo.

Ele tinha sido criado na fazenda por uma mãe carinhosa e dedicada. Ela lhe ensinara as primeiras letras, os primeiros números, premiando com bolos os acertos cada vez mais freqüentes de seu filho.

O pai era um homem simples, dedicado à terra, da qual extraia não só comida, mas também prazer.

O garoto fora educado ali, entre os filhos dos trabalhadores rurais, subindo nas árvores, comendo frutas no pé, bebendo leite ainda quente. Uma vida de liberdade e felicidade.

Mas chegou um período em que a educação familiar não era mais suficiente e tomou-se a decisão de interná-lo em um seminário, fazendo o gosto da mãe que pensava em vê-lo padre.

O dia da partida foi de festa e tristeza. Os empregados se aproximavam e se despediam, sinceramente pesarosos da separação. O pai estendeu a mão e disse:

— Vá com Deus, meu filho, que o Senhor o abençoe.

Mas não foi até a cidade. Não gostava de deixar o campo. Quem o levou foi a mãe. A charrete balançava muito. A mãe parou no meio do caminho para comprar dois metros de fazenda na loja de um senhor turco. Enquanto ela entrava, Agostinho ficou do lado de fora, extasiado com a cidade. Nunca vira tanta agitação, nunca vira tantas cores ou tantas pessoas. Era como se cada segundo fosse uma novidade.

Os mais variados tipos passavam por ali: vendedores, funcionários públicos, padres... Agostinho observou-os atentamente, analisando as expressões e roupas de um, o tique nervoso de outro.

No meio da multidão, uma cena chamou sua atenção. Uma mulher vinha a passos firmes, puxando um menino pela mão. Quando passaram por ele, o menino parou e o encarou. Havia algo de terrivelmente estranho naquele garoto. Por mais que pensasse, Agostinho não conseguia atinar o que era.

Seriam os traços suaves? Os olhos amendoados? As mãos finas e compridas?

O que havia de errado com ele?

Eles se olharam por um tempo que pareceu uma eternidade, um tempo parado em que as pessoas à volta pareciam se mover lentamente.

Então a mulher puxou com força a mão do menino:

— Vamos, desgraçado, anda!

Enquanto o garoto era puxado com violência, ele permanecia com o rosto virando, encarando-o e foi quando Agostinho percebeu algo que fez seu coração parar: o garoto era igual a ele! Tinha os mesmos traços, o mesmo cabelo e, principalmente, os mesmos olhos. Mas, embora fossem olhos iguais, eram diferentes de alguma maneira, talvez na intenção.

— Vamos, Rafael! Anda, pirralho! — gritava a mãe, puxando-o.

Agostinho ficou ainda algum tempo parado, observando-o. Depois pareceu despertar de um sonho. Sua mãe saiu da loja e ajoelhou-se ao lado dele:

— Está bem, meu filho?

— Sim, respondeu ele.

— Está preparado?

— Estou.

— Se sentir medo, lembre-se que a Virgem Maria estará com você em todos os momentos, entende?

— Sim.

Lágrimas escorreram de seus olhos e ele abraçou a mãe. Ela apertou-o como se quisesse eternizar aquele abraço e afastar o momento da separação.

— Vamos, é hora. — disse ela, afastando-se e enxugando as lágrimas com as costas da mão.

Em pouco tempo estavam no seminário. O reitor recebeu-os no pátio. Atrás dele, dezenas de garotos corriam, brincando e um padre os seguia, ralhando.

Olhando à volta, Agostinho viu algo que não esperava em um seminário: uma menina. Ana. Parecia um anjo, os cabelos loiros anelados, a pele muito branca, os olhos azuis. O que uma menina como ela estava fazendo ali? O garoto olhou-a profundamente, como se procurasse decifrar um mistério. Observou que ela segurava pela mão um homem, provavelmente seu pai, que conversava com um dos monges.

A conversa não durou muito e foram embora. A menina não o viu ou não reparou nele, mas ele a acompanhou com os olhos, fascinado com sua beleza.

3

Agostinho acompanhou Pedro pelo corredor. Jean-Pierre estava à porta, olhando abismado para dentro. Mais pessoas vinham chegando.

— Mataram o fazendeiro? — perguntou Manuel.

Pedro fez um sinal com a cabeça que podia significar tanto sim quanto algo mais, como não me atrapalhe.

O padre esperava ver um corpo esfaqueado, como já vira nas aulas de medicina, mas o que presenciou ia muito além disso. Havia muito sangue espalhado por ali. O corpo estava jogado no chão, em posição indecorosa, nu. A cabeça estava virada para baixo.

— Vamos virá-lo!

Jean-Pierre e Pedro ajudaram. Ao virar o corpo, deram com o rosto totalmente deformado. Parecia que tinham passado uma lâmina afiada diversas vezes pelo rosto até que toda a face se transformasse numa irreconhecível massa de carne e sangue. Havia um corte por toda a barriga, expondo os principais órgãos. Ao virarem o corpo, algumas tripas derramaram no chão.

Os que haviam se aproximado soltaram um gemido de terror.

— O rosto? O que fizeram com o rosto? — perguntou Jean-Pierre.

— O assassino queria deformar o rosto para não ver que estava matando um ser humano. Queria transformar a vítima num objeto...

— Não seja tolo! — berrou Milton, da porta. Quem fez isso o fez porque tinha o demônio no corpo. Foi o demônio que ordenou. Eu lhe disse, o demônio ronda este navio. E todos sabem quem são os servos do demônio.

— O negro vivia brigando com Miguel. — disse Manuel.

— O judeu, podem ter sido o judeu. — arriscou Pedro.

Iniciou uma fervorosa discussão. A maioria, no entanto, acreditava que o maior suspeito era Francisco. Estranharam que ele não tivesse descido para ver o morto.

— Ele não desceu porque já sabe o que aconteceu.

Era Milton que falava. A turba acompanhou seu pensamento. Subiram ao convés e encontraram Francisco na balaustrada com uma linha na mão, tentando pescar.

— Preto! — gritou Pedro.

O homem se virou lentamente, como se não tivesse o menor interesse em conversar.

— O que foi?

— Miguel está morto!

O negro virou-se para o mar novamente, fingindo desprezo.

— Ele teve o que mereceu... já foi tarde.

— E quem é você para decidir quem merece ou não merece viver?

— Eu não sou ninguém. Mas fico feliz ao ver que vaso ruim também se quebra.

Houve um longo silêncio, até que alguém gritou:

— Vamos jogá-lo no mar!

O grupo se aproximou e o agarrou, apesar da forte resistência. Já o levantavam para jogar no mar quando Agostinho se colocou entre eles e a balaustrada.

— Parem! O que é isso? Vocês não sabem se foi ele. Toda pessoa deve ter direito à defesa.

— Agostinho, você me decepciona. Não dê uma chance ao demônio, eu lhe disse.

— Senhores! O que estão fazendo? Por Deus! Samuel, sei que é judeu e que muitos judeus foram perseguidos sem que nem ao menos soubessem qual a acusação. Como pode participar de algo assim?

Nisso Samuel baixou o rosto e afastou-se, envergonhado. A desistência de um dos membros fez com que a multidão afrouxasse nas suas intenções. Aos poucos foram largando o negro, que gritava e chorava:

— Eu não fiz nada, juro! Eu odiava aquele homem, mas era incapaz de matá-lo!

E, aproximando-se de Agostinho, beijou-lhe a mão.

— Padre, o senhor sabe que sou inocente. Obrigado por interceder por mim!

— Não sei se você é inocente, mas também não sei se é culpado. Temos que ter certeza antes de qualquer atitude. — disse Agostinho, e, virando-se para os outros: Estamos à deriva, perdidos no mar imenso e um de nós é um assassino, mas isso não nos dá o direito de julgar sem provas, entenderam? Temos que tomar cuidado com o que fazemos para não cometermos injustiças.

— O padre disse que o demônio está neste navio. — argumentou Pedro.

— O demônio está em nossa cabeça. E ele ficaria muito feliz em ver um inocente ser morto. Se Francisco for culpado, vamos descobrir... agora devemos cuidar de nossas vidas. Jean-Pierre e Pedro, ajudem-me a jogar o corpo no mar.

O grupo se dispersou. Manuel foi cuidar da refeição matinal. Outros retornaram para seus camarotes, outros ficaram por ali, observando o horizonte. Agostinho e os dois marinheiros tornaram à cabine do fazendeiro e voltaram de lá com seu corpo, que foi jogado na água.

Depois Agostinho voltou para o camarote e observou tudo atentamente. Procurava alguma pista. Achou apenas uma. Um grande anel que o fazendeiro usava no dedo médio da mão direita havia sumido. A marca dele ainda estava no dedo, mas o anel havia desaparecido. Havia muito a pensar. Miguel fora acusado de roubar a comida e Samuel se mostrara revoltado com essa possibilidade. Poderia ter sido ele? Por outro lado, apesar de sua intervenção, Agostinho achava que Francisco era um forte suspeito. Os dois se odiavam desde o primeiro momento em que colocaram os olhos um no outro. Por outro lado, o assassinato poderia ter sido motivado pelo roubo, mas por que o assassino não roubara outras coisas?

Era um caso estranho, com muitas possibilidades. Quem seria o culpado?

4 - Agostinho

Agostinho tornou-se um bom aluno no seminário. Embora fosse religioso e orasse com fé, a verdade é que se destacava mais em filosofia do que em teologia. Apegou-se especialmente a um monge franciscano, Felipe, professor de filosofia natural.

O monge ganhava confiança nele como se fosse um filho e acariciava sua cabeça, tencionando, com isso, mostrar o quanto o jovem lhe era caro.

— Não vá falar sobre isso com os outros. Nem tudo pode ser dito a quatro ventos. — ensinava Felipe. Mas há algum tempo viveu entre nós um grande homem, um francês que nos disse para duvidar de tudo...

— Duvidar de tudo? — espantou-se Agostinho. Isso parece herético...

— Foi o que pensaram reis, padres e papas. Mas a duvida e a razão podem conviver com a fé. Só a fé verdadeira sobrevive se for testada pela razão e pela dúvida. Esse homem chamado Descartes...

— Descartes! — exclamou Agostinho. Já tinha ouvido falar desse filósofo. Os outros professores gostavam de criticá-lo e a simples pronúncia de seu nome parecia um sacrilégio.

— Fale baixo. Descartes dizia que não podemos confiar em nada. Nada é certo, tudo é dúvida, mas é da dúvida que surge a crença, mas uma crença verdadeira, testemunhada pela lógica. Ele criou um método que permitiria chegar a respostas.

— Como a lógica aristotélica?

— Sim, mas a lógica aristotélica só lhe diz aquilo que você já sabe. É necessário conhecer lógica para saber que Sócrates é mortal?

Não, não parecia ser necessário saber lógica para compreender que Sócrates é mortal.

— Descartes propunha um método para se chegar a novas respostas, a novos conhecimentos...

— Mas o reitor afirma que todo o conhecimento já foi acumulado pelos sábios...

— O que sabiam os sábios que nós não pudéssemos saber por nós mesmos? De que adianta esse conhecimento se não podemos ir além dele? Os sábios do passado são gigantes, mas podemos subir no ombro de gigantes para olhar além do que eles enxergavam...

Agostinho fez que sim, concordando.

— O método de Descartes era dividido em quatro passos: o primeiro, duvidar de tudo e de todos, jamais acreditar em algo de antemão. O segundo, dividir a coisa que se quer conhecer em tantas partes quanto forem necessárias. O terceiro, começar pelas partes mais fáceis, indo depois para as mais difíceis, imaginando uma procedência entre elas. E, finalmente, verificar os resultados, não fazendo como o tolo que acredita na primeira impressão que tem... esses passos...

Mas foi interrompido. Batiam à porta.

— Entre!

Era um dos monges.

— Senhor, sua sobrinha está aqui.

Felipe fez um gesto impaciente:

— Sim, sim... diga que entre!

Em poucos instantes a moça surgiu na porta. Era o anjo que Agostinho vira quando entrara no seminário, mas agora estava alguns anos mais velha e a beleza amadurecera nela.

Ela cumprimentou o tio, beijando sua mão e pedindo a benção, então virou-se para o lado e pareceu levar um susto:

— Rafael?!

O seminarista e o monge não entenderam.

— Não, minha sobrinha, este é meu pupilo Agostinho. Agostinho, esta é Ana.

Ana cumprimentou-o, mas olhava-o estranho, como se procurasse nele traços de outra pessoa. Depois virou-se para o tio. Conversaram sobre assuntos pessoais. Ela parecia pouco interessada, pois de tempos em tempos olhava para o seminarista.

Agostinho não conseguia pescar o que conversavam. Sua atenção se perdia nas palavras, perdida que estava no rosto lindo de Ana.

Então o tio precisou sair e ficaram sozinhos.

— Meu tio fala bem de você... diz que é um bom aluno.

— Tenho aprendido muito com ele. Felipe é um bom homem, um homem preocupado com o conhecimento e, acima de tudo, preocupado com os pobres e necessitados. Também tenho as mesmas preocupações e talvez por isso nos demos tão bem. Sabia que seu tio sai às ruas para ajudar os pobres? E que sua medicina tem salvado não poucas vidas de pessoas carentes? Ele poderia ser um médico famoso, de gente rica, mas prefere usar seus dons para exercitar a caridade.

— Estranho... — sussurrou Ana.

— Como assim, estranho?

— Você, o modo como fala, o que diz... parece tão diferente...

— Desculpe, mas não entendo...

— Você parece tão diferente de uma pessoa que conheci, mas no entanto são tão parecidos fisicamente...

— O tal Rafael...

— Sim. O tal Rafael.

Nisso chegou o tio.

— Minha querida. Fico muito feliz com sua visita, mas temo que já chegou a hora de ir. Não convém que uma jovem como você fique por muito em um seminário. Ao menos é o que diz o reitor, e, embora eu discorde dele, é preciso ser prudente em minha discordância...

— Sim, meu tio. Entendi. A benção.

E beijou a mão do tio.

— A benção, minha filha.

Então virou-se para Agostinho:

— Foi bom conhecer você.

E foi embora, seus cabelos esvoaçando. Durante todo aquele dia, agostinho ficou distraído e displicente a ponto de quebrar um dos vidros usados nas experimentações durante as aulas.

— Parece que está com a cabeça na lua. — reclamou Felipe.

E realmente estava com a cabeça longe dali.

Algum tempo depois, agostinho estava andando pela rua quando viu uma cena incomum. Uma velha senhora levava consigo um tabuleiro de doces, apregoando-os. Um rapaz se aproximou dela e, dando um tapa na parte de baixo do tabuleiro, fez com que os doces voassem e o tabuleiro se estatelasse no chão.

— Meus doces! Meus ricos docinhos! — gritava a mulher. São meu único sustento!

Ele pegara no ar um dos doces e comia divertindo-se, vendo a mulher de joelhos, chorando o prejuízo.

Agostinho olhou a cena sem poder fazer nada. Tinha ganas de pular no pescoço do outro, mas estranhamente viu-se sem reação. Havia algo estranho no rapaz, algo de estranhamente familiar. Ele lembrou-se então de anos antes, quando chegava a Lisboa e viu um garoto sendo puxando pela mãe, que ralhava com ele. Era o mesmo garoto!

— Não faça isso! — conseguiu gritar Agostinho.

O rapaz aproximou-se dele com ar ameaçador. Ficaram frente a frente. Era como se agostinho se visse num espelho distorcido. Eram os mesmos traços, a mesma cor da pele, o mesmo cabelo liso e castanho.

Mas os olhos eram diferentes. Os olhos daquele exalavam maldade.

Agostinho lembrou-se do que a jovem Ana lhe falara. Rafael, era esse o nome que ela dissera.

Ficaram se encarando durante algum tempo, depois o outro deu meia-volta e afastou-se com um sorriso debochado.

CAPÍTULO 06

No qual um frango é perseguido e explica-se como Helena começou a ter visões.

1

No dia seguinte, Manuel pediu a Jean-Pierre que lhe conseguisse um frango com o qual pretendia preparar uma canja, já que tinham o capitão doente, restabelecendo-se.

— Volto logo. — disse ele, e desceu às cobertas.

Como a maioria das gaiolas tinha se esfacelado, as galinhas estavam presas por cordas. O marujo usou uma faca para cortar a corda e já ia se levantando com o troféu, direto para a cozinha, mas a galinha percebeu o destino que teria e fugiu cacarejando e batendo as asas, como se pudesse voar.

— Já te ensino, sua malandra!

Jean-Pierre a cercou num canto e ficaram se olhando. A galinha olhava-o atentamente, como se pensasse na melhor forma de escapar. Quando o marinheiro caiu sobre ela, a penosa fugiu por entre as pernas e sumiu entre os caixotes e sacos.

— Maldita! Vai ver se não te pego!

O marinheiro, ferido em seu orgulho, foi atrás, correndo e saltando por os obstáculos que se interpunham em seu caminho.

O navio balançava e a galinha corria a passos pequenos, mas rápidos, fazendo zigue-zagues, o que deixava seu captor ainda mais enfurecido.

Então ele viu algo. Não podia saber o que era. Na verdade, tratava-se provavelmente uma sombra, mas sombra de quê? Era grande demais para ser um rato. Não era também a sombra da galinha.

Jean-Pierre tinha certeza de que descera sozinho.

— Quem está aí?

Nenhuma resposta. Só o sacolejar do navio e o cacarejar tímido da galinha, que se escondera num canto e deveria ficar quieta, mas estava muito agitada para deixar de fazer barulho.

— Pedro, é você? Pedro?

Nada. O marinheiro apurou os ouvidos. Nada. Seria sua imaginação? Tinha certeza de que ninguém descera à coberta. Provavelmente ele fora enganado por seus próprios sentidos. Talvez fosse sua própria sombra. Talvez...

Nisso algo se mexeu. Uma figura grande como um homem se deslocou por entre os sacos.

— Samuel, é você?

Jean-Pierre agarrou a faquinha que levava presa à cintura e apontou-a para o nada, preparando-se para um possível ataque.

— Não é Samuel! É o ladrão! É você que está roubando comida, não é? Nós vamos descobrir e vamos te dar a lição que você merece!

Ninguém respondeu, mas houve um novo movimento, agora mais perto. Atento, o marinheiro percebeu de onde vinha e avançou naquela direção.

— Te peguei! — gritou ele, contornando um amontoado e sacos.

Mas não achou nada.

— Diacho, que mistério! — disse ele.

Foram suas últimas palavras antes de desmaiar.

2 - Helena

Helena lembrava-se bem de sua infância. Mas não lembrava exatamente quando eles começaram a aparecer. Na verdade, pode ter sido muito, muito cedo, mas ela provavelmente não sabia quem eram ou... o que eram.

Provavelmente ela achava que ainda estivessem vivos.

Quando foi que ela percebeu?

Aos seis anos, ela passeava com sua mãe pela vila e um homem na rua olhava para ela de forma insistente. Usava um casaco surrado e luvas gastas.

— Mamãe... por que aquele homem olha tanto para mim? — perguntou ela, em sua voz infantil.

A mãe parou e olhou em volta.

— Homem, que homem? Quem está olhando para você?

— Aquele de casaco e luvas.

A mulher olhou à volta. Havia algumas pessoas na rua, em volta deles, mas ninguém com essa descrição.

— Do que você está falando, Helena?

— Aquele homem está olhando para mim... e ele parece estar querendo me dizer algo...

A mãe abaixou-se e olhou-a. A menina olhava para um ponto distante, para algum local no meio da praça. Não havia ninguém ali.

— Helena, olhe para mim!

A menina virou o rosto na direção da mãe. Havia algo no tom de voz que fazia pressentir perigo.

— Helena, olhe nos meus olhos. Ouça, eu não gosto que brinquem comigo. Não gosto de brincadeira, ouviu?

A menina engasgou:

— Mamãe, eu não estou brincando...

— Não me responda! Não há ninguém ali, para onde você está olhando.

— Por favor, mãe, ele está vindo para cá! Ele quer falar comigo.

A mãe bateu nela. O tapa estatelou em seu rosto.

— Já disse. Não gosto de brincadeiras! Vamos!

A menina se deixou puxar, mas olhou por cima dos ombros. O homem estava lá atrás, parado e seus lábios se mexiam, como se estivesse falando algo.

Foi naquele dia que ela percebeu que eles não existiam. Todos aqueles habitantes das noites frias, as meninas que brincavam com ela nos jardins, os amigos invisíveis... nenhum deles existia, ao menos não nessa existência.

Eles continuaram aparecendo depois dessa descoberta. Mas Helena descobriu algo importante: somente ela era capaz de vê-los. Assim, ela foi aprendendo a se segurar, a não falar sobre isso, mas o medo aos poucos ia se acercando dela, como uma fera que rodeia a presa. O medo do desconhecido.

Muitos vinham apenas por que se sentiam solitários e estavam tristes.

Uma menina costumava aparecer à noite:

— Estou com medo. — dizia ela. Meus pais não me deixam dormir com eles. Estou com medo de meu tio. Ele dorme na cama ao lado da minha. Ele me acorda de noite, quando já estão todos dormindo e me obriga a fazer coisas... ele me toca... ele diz que vai me matar se eu gritar... você entende? Me deixe dormir com você... por favor... meu tio... por favor... me ajude...

Helena fechava os olhos e rezava, rezava e rezava até que a menina desaparecesse, mas quando acordava à noite, ela temia abrir os olhos, com medo de encontrar a menina ao pé de sua cama, lá, chorando e implorando para dormir com ela.

Outros pareciam perdidos.

Um deles, um homem com calos nas mãos e um enorme nariz, aproximou-se dela na rua e perguntou:

— Menina, onde fica o campo? Estou perdido em Lisboa. Sou do campo, na direção de Coimbra. Vim para cá e me roubaram o dinheiro. Eles me deram uma facada bem aqui. — e ele mostrava o peito, a camisa velha cortada por uma faca, a chaga vermelha desabrochando ali e Helena sentiu o cheiro de sangue misturado ao odor de terra. Não consigo saber como voltar para casa. Estou com saudades dos passarinhos, da roça, da vaca mocha... esta cidade é um inferno que me tirou tudo... Diga, como volto para casa?

A menina fechou os olhos e apontou para um lugar qualquer, enquanto rezava.

Quando abriu os olhos, o homem não estava mais ali.

Ela logo aprendeu que deveria evitar falar sobre suas visões, sobre as pessoas que se aproximavam dela. Sobre os mortos.

Mas um dia ela foi obrigada a romper a promessa que fizera para si mesma.

3

Agostinho estava no convés, olhando o mar e pensando numa maneira de tirá-los daquela situação lamentável. Infelizmente, era geralmente muito bom para soluções teóricas, mas totalmente inepto em situações práticas.

Naquele momento desejou ser um marinheiro. Talvez assim fosse capaz de ajudar mais.

Era uma daquelas pessoas que parecem dedicar todos os esforços em ajudar os outros, uma das razões pelas quais se tornara religioso. Gostava de tratar dos doentes, dos pobres, dos necessitados e, quando seu tutor lhe falava de São Francisco, era como se ele se percebesse naquelas histórias uma razão para viver.

Mas não parecia haver muito a fazer ali, além de esperar que outro navio passasse por eles. O tédio era aumentado pelo fato de que, aparentemente, era impossível governar o navio. Até mesmo os marinheiros passavam a maior parte do tempo inertes, deitados no convés, jogando cartas ou conversando.

Seus pensamentos voavam por sobre o oceano. Então seus olhos vislumbraram algo se movendo no convés. Foi rápido como um flash, mas mesmo assim perfeitamente identificável. Era Rafael. Rafael estava entre eles, no navio.

Agostinho balançou a cabeça, como um cachorro que se sacode, tentando se livrar da água. Mas com ele era uma idéia, uma idéia de que queria se livrar. Uma idéia impossível. Não podia ser Rafael.

Seus dedos estavam encravados na balaustrada a ponto das juntas doerem. Lentamente, rezando para que fosse apenas uma impressão, ele virou o rosto.

"É minha imaginação", repetia. "Ele não pode ter me seguido até aqui!".

Então, antes que completasse a volta, seus olhos viram Rafael. Lá estava ele, com seu olhar arrogante e convencido. Era como olhar para um espelho distorcido.

Agostinho fechou os olhos e segurou a respiração, murmurando uma oração cuja letra nem mesmo ele poderia predizer. Então, quando os abriu, o outro havia desaparecido. A respiração voltava a entrar em seus pulmões quando ele viu, pelo canto do olho, Rafael descendo à coberta.

Seus pés seguiram o fantasma como se fossem um daqueles autômatos que ele vira na casa de um homem rico. Era um homem de metal e andava quando se lhe davam a corda. Todos abriam a boca de assombro, mas seu mestre lhe dizia, ao pé do ouvido: "É apenas um mecanismo. Não tem vida!".

Quando chegou à primeira coberta, Rafael descia para a segunda coberta.

Agostinho parou, recriminando-se por essa caçada sem sentido. Rafael não poderia ter embarcado em Lisboa. O padre tinha certeza disso. Além do mais, era quase impossível estarem os dois no mesmo navio a caminho do Brasil.

Mas, por outro lado, Rafael parecia seguir seus passos, como se fosse um espião. Era como um demônio, espreitando nas sombras, mas não um demônio agostiniano, refém de regras divinas. Era um demônio maniqueu, ardiloso, terrível e inescapável. Em todo momento importante da vida de Agostinho, Rafael estava presente.

Depois de um longo momento de indecisão, o religioso desceu as escadas, recriminando-se por ter demorado tanto. Se estivesse lá embaixo, Rafael já teria tido tempo de se esconder.

Mas não, Rafael estava lá embaixo, esperando por ele. Os dois novamente se encararam. Alguém deixara uma lanterna, que refletia inconstante sobre Rafael, desenhando sombras demoníacas no casco. Ficaram se encarando, até que o outro deu as costas e sumiu no meio de caixas e sacos.

Agostinho andou pela coberta. Passou pelo local onde guardavam mantimentos. Estava escuro e achou que talvez fosse melhor ter trazido consigo a lanterna, mas seus olhos já iam se acostumando à escuridão, embora provavelmente não tão bem quanto o fariam os olhos de um marinheiro.

A passos cuidadosos, ele avançou e cruzou por caixotes e sacos. Ouviu o cacarejar nervoso de uma galinha. O som passou por ele a passos lépidos e foi se esconder num canto.

Agostinho topou o joelho contra um caixote e precisou se inclinar para esfregá-lo. Foi quando seu pé tocou em algo mole. Temeroso, ele estendeu a mão. Seus olhos não conseguiam enxergar o que era, mas ele imaginou ouvir uma respiração ofegante.

Quando tocou na coisa, ela se levantou.

4 - Helena

Júlia pareceu, a princípio, uma menina mimada e arrogante. Fora apresentada a Helena como dona de dotes tremendos.

— Vamos, minha filha, diga o que aprendeu em Paris. — pedia a mãe, tia de Helena.

A jovem se reclinou e recitou, ambos os gestos cuidadosamente pensados, como se tivessem sido ensaiados:

— Sei tocar piano e falo francês. Estou estudando violino e sei até mesmo bordar.

As mães aplaudiram:

— Que maravilha! — exclamou Maria, mãe de Helena. Por quanto tempo teremos o prazer de tê-las entre nós?

— Querida, só passaremos uma, talvez duas semanas. Mas teremos muito tempo para colocar nossa conversa em dia. — respondeu a outra. E, olhando para as meninas: Júlia, vá brincar com sua prima.

— Sim, mamãe...

E as duas saíram, deixando as mães tagarelando na sala. Ficaram em silêncio até chegarem ao quarto.

— Este é meu quarto. Deve ser uma espelunca para quem já morou em Paris, desculpe.

A menina correu para as bonecas.

— Esqueça o que mamãe me fez dizer. Nunca morei em Paris e mal sei tocar piano. Nem me interesso por violino...

— Então...

— Sim, tudo invenções de minha mãe. É terrível para mim ficar representando esse papel, mas o que fazer? Vamos brincar?

Helena aproximou-se, espantada não só com a revelação, mas também com a forma natural com que a outra a havia feito. Depois ela descobriria que Júlia era uma pessoa que amadurecera e aprendera a lidar com as pessoas e com o mundo. O pai morrera cedo e isso talvez despertara nela um tipo de inteligência que lhe permitia fazer e ser exatamente o que se esperava dela. Mas naqueles dias, a prima mostrou-se de verdade. Não precisava representar para outra criança.

As duas logo se tornaram amigas inseparáveis. Gostavam não só de brincar de bonecas, mas também de ir ao quintal subir nas árvores. Faziam isso escondido, pois não era considerado correto.

— Subir em árvore é coisa de menino! — gritava a mãe, sem conseguir impedir que ela sempre subisse de novo e de novo.

Na verdade, a empregada da casa, Zumira, uma preta velha, das poucas que existiam por ali, fazia vista grossa e costumava esconder as travessuras da pequena Helena e de sua amiga Júlia.

Numa das vezes em que brincavam no quintal, fazendo bolinhos imaginários em panelas em miniatura, a prima lhe perguntara:

— O que tem ali?

— É o bosque. Nunca vou lá. Mamãe proíbe. Diz que é perigoso.

— Gosto de bosques. — disse Júlia, fazendo aquele ar afetado que costumava usar quando queria impressionar. Eu me sinto livre. É como subir nas árvores. Liberdade.

— E então, senhora, aceita meu convite para jantar? — desconversou Helena, manipulando uma boneca.

— Como não, comadre? Depois vamos dar uma volta no parque com as crianças. — respondeu Júlia, falando por outra boneca, mas olhava para o bosque, com interesse.

No dia seguinte, Helena acordou mais tarde e foi até a cozinha para tomar o café-da-manhã:

— Zulmira, onde se meteu Júlia? Ela não está no quarto dela...

— Ih, minha filha. Essa acordou cedo, já tomou café e foi brincar no quintal. Não quis esperar a dorminhoca...

Mas Júlia não estava no quintal. Helena andou por todos os cômodos, procurando-a, mas nada.

— Júlia, Júlia! Onde está?

A gritaria acabou chamando a atenção da mãe e logo toda a casa estava em polvorosa, à procura da menina. Não tiveram mais sorte que Helena.

— Helena, venha cá! — gritou a mãe. Diga, onde pode ter ido Júlia?

A menina tremia de medo, como se sentisse que tinha feito algo errado:

— Eu... eu não sei... por favor, mãe, não me bata...

— Eu não vou bater. Só quero saber onde está Júlia. Isso é uma brincadeira de vocês?

— Não, eu juro!

— Mas onde poderia estar a menina?

— Mamãe... o bosque... — gaguejou a menina.

— Vocês foram para o bosque? — indagou a tia, seus olhos chispando de raiva.

— Não, mas ela perguntou pelo bosque... eu disse que era perigoso. Pedi para ela não ir...

— Ela deve estar no bosque. Vamos chamar o José para ajudar a procurar. Oh, José!

José era uma espécie de faz-tudo na casa. Vivia na família desde pequeno, primeiro como moleque de recados, mas agora já era um homem feito.

— José, quero que procure no bosque pela menina desaparecida!
— Sim, minha senhora!

Mas a busca não trouxe nenhum resultado. Quando o pai de Helena chegou para o almoço, decidiu-se reunir os vizinhos para uma busca. Embora agora já fossem seis homens procurando, não havia nem sinal da menina, a ponto de uma vizinha comentar com seus botões:

— No bosque, é? Eu bem sei... ela deve é ter fugido com algum gajo...

Mas parecia que nem isso era a resposta. Ninguém vira nada. O desaparecimento era um mistério completo.

Naquela noite, Helena rezou suas orações e pediu a Deus para que encontrassem sua amiga. Então pareceu ouvir uma vozinha. Parecia distante, longe, mas real. Olhou à volta e espantou-se ao deparar-se com Júlia. Havia um grande machucado em sua cabeça, que sangrava.

— Júlia, Júlia, o que aconteceu? Estão todos procurando por você! O que é esse sangue em sua cabeça? Meu Deus, sua roupa está toda suja de terra!

Helena aproximou-se para abraçá-la, mas a outra recuou. Ao fazer isso, seu pé atravessou uma cadeira como se ela não existisse. Foi quando Helena percebeu:

— Você, você está morta?
— Helena, é tão escuro aqui...
— Onde você está?
— No bosque. Por favor, faça com que venham me buscar... por favor.
— Várias pessoas procuraram por você no bosque! Onde você está?

A outra pareceu cair em si e olhou para baixo, como se estivesse tentando se lembrar de algo:

— Eu estava perto de uma árvore antiga e muito grande. Eu me aproximei para pegar umas flores, mas caí... em um buraco... não, em um poço. Tinha muitas folhas, galhos, muita vegetação ali e eu não consegui ver. Quando caí a vegetação voltou a se fechar. Eu bati a cabeça, doía muito, muito sangue... por favor, diga para minha mãe, fale para ela vir me buscar... é tão escuro e solitário aqui... por favor!

A imagem foi se esmaecendo, como a neblina que se dissipa com o vento, mas a voz da prima ainda permanecia, ao longe:

— Por favor, me ajude!

Helena não pôde conciliar o sono. Passou a noite inteira virando na cama. Sabia que não adiantava nada acordar os outros. Não havia como procurar o corpo durante a madrugada, mas esse pensamento não diminuiu suas preocupações. Pensava na prima, perdida, sozinha na floresta, seu espírito aterrorizado e preso ao corpo, mas pensava também em si. Como contar o que sabia? Como os adultos receberiam a notícia?

Por fim, os primeiros raios da manhã penetraram pela janela e ela saltou da cama, correndo na direção do quarto dos pais.

— Mamãe! Mamãe! Abra!

A porta se escancarou com um tranco. Era o pai, ainda de roupa de dormir:

— O que houve? O que aconteceu?

— Júlia! — gritou a menina. Sei onde está Júlia!

5

Agostinho levou um susto. Ainda estava sob forte impressão e pulou para o lado. Mas o que quer que se levantara, não parecia perigoso.

— Onde estou?

O padre reconheceu a voz.

— Jean-Pierre?

— Onde estou? O que aconteceu?

— Eu... eu não sei... desci ao porão... e encontrei você aqui. Pensei que fosse...

— Pensou?

— Esqueça. Não foi nada. E você? Consegue se lembrar de algo?

— Eu desci aqui para pegar uma galinha, quando tive a impressão de que vi alguém. Achei que fosse o ladrão e resolvi segui-lo.

— Você viu alguém? Não era um dos tripulantes?

— Não. Conheço todos.

— Nenhum dos passageiros?

— Não sei. Talvez possa ser. Acho que é o ladrão. Eu o segui e bateram na minha cabeça.

— Vamos, vamos subir. — disse Agostinho, ajudando o outro a se levantar.

Jean-Pierre ainda se sentia mais ou menos tonto, mas conseguia andar. Quando chegaram no convés, encontraram com Pedro e Samuel. Fizeram uma breve reunião.

— Jean-Pierre foi atacado, provavelmente pelo ladrão...

Os outros espantaram-se:

— E você, padre? Viu alguma coisa?

— Vi... vi alguém, ou imaginei ver. Não, esqueçam... temos que nos concentrar em pegar o ladrão.

Samuel coçou o queixo:

— Vamos fazer turnos de dois, vigiando a comida.

— É preciso que ninguém mais saiba o que está acontecendo. O ladrão pode decidir parar de roubar se souber que estamos armando uma emboscada...

— Certo, padre. Eu e Samuel fazemos o primeiro turno. — decidiu Pedro.

Jean-Pierre discordou:

— Não. Eu vou no primeiro turno.

— Você está machucado.

— Doeu mais na honra do que no corpo...

Pedro riu:

— Um marinheiro com honra?

— Eu vou no primeiro turno. Quero ser o primeiro a pegar esse patife. — os olhos do francês chispavam.

— Está bem, se você quer... fique à vontade. Vá com o padre. Eu e Samuel vamos rendê-lo daqui a... duas horas está bom?

— Feito. Duas horas.

Os dois foram tomar um pouco de água e desceram à coberta. Samuel e Pedro ficaram no convés, encostados na balaustrada. O judeu parecia pensativo.

— É estranho. Aconteceu tanta coisa, desde que deixamos Portugal, que nem tive tempo de pensar na tragédia que se abateu sobre minha família. Pedro, você já se sentiu como tendo traído as pessoas que mais amava?

— Eu? Não, nunca me senti como um traidor...

Os olhos do judeu se enchiam de lágrimas:

— Sabe, meu pai está morto. É estranho pensar que nunca mais vou vê-lo, nunca mais vou falar com ele... Santo Deus, meu pai está morto!

Pedro deixou que o outro chorasse, sem saber ao certo o que dizer. Quando o choro se transformou em soluços, ele ousou falar:

— Sei o que é perder uma pessoa querida. Minha mãe também está morta. Foi uma doença terrível, arrastada, triste. Ela agonizava e chamava por meu nome. Eu estava sempre ali, ao lado de sua cama, cuidando dela, levando remédios. Nos últimos tempos eu tinha de lhe dar comida na boca... mas cuidar dela era um prazer... sabia que logo ela estaria morta e queria aproveitar cada momento junto a ela. Minha pobre mãe, teve uma morte tão triste...

A história pareceu consolar Samuel, como se percebessem que tinham algo em comum. Ambos tinham perdido entes queridos. O judeu sentiu, no entanto, que o outro era feliz por não se sentir como se tivesse traído sua mãe. Ao contrário, ele estivera ao lado dela até o último momento, dando mais do que remédio... dando carinho e atenção. Gostaria de ter podido falar palavras de carinho a seu pai antes de sua morte.

— Vamos nos alegrar e esquecer as tristezas? Quer jogar um pouco de cartas?

Samuel aceitou.

6 - Helena

As buscas iniciaram logo de manhã. O pai ainda se lembrava do poço antigo e a árvore grande era um bom referencial, de modo que foi fácil achar o corpo. Já estava se decompondo, no ambiente úmido do buraco. José desceu por uma corda e amarrou-a em torno do tronco da menina morta, permitindo que fosse puxada.

Naquele dia ninguém falou com Helena. Estavam ocupados com o velório e o enterro da menina. Era necessária urgência, antes que o fedor se tornasse insuportável.

Mas esse suposto silêncio não enganou Helena. Ela sabia que uma dúvida terrível tomava conta de todos e, assim que as coisas acalmassem, viriam falar com ela.

E foi o que ocorreu. Júlia mal desceu ao chão e Helena foi convocada uma reunião familiar. Mãe, pai e tia fizeram um círculo e colocaram a menina no meio, bombardeando-a com perguntas.

— Como sabia que Júlia estava no poço?
— Por que não nos contou antes?
— Vocês estavam brincando no poço?

A jovem não respondia. Ficava simplesmente em silêncio, a cabeça baixa, os olhos no chão.

— Helena, responde! — gritou o pai, levantando seu queixo.

Ela começou a chorar.

O pai começou a desatar o cinto.

— Vai responder por bem ou por mal!

A mãe segurou sua mão.

— Não, ela vai nos contar, não vai, minha filha? Você não vai nos dizer como sabia que o corpo de Júlia estava naquele poço?

A menina segurou um soluço e tentou articular alguma palavra, mas o choro ainda a dominava.

— Minha filha, acalme-se. Pode confiar em nós. Fale... — pediu a mãe, aconchegando-a em seus braços.

Helena sentiu-se protegida e segura. O seio da mãe lembrava os dias felizes da primeira infância. O choro foi morrendo em sua garganta, embora restasse ainda uma espécie de soluço, que atrapalhava a fala.

— Diga, minha filha, vocês brincavam perto do poço?
— Não, mamãe...
— Mas brincavam na floresta?
— Júlia gostava de ir para a floresta, mas eu dizia que era perigoso...
— Então me diga, minha filha, como você sabia que o corpo de sua prima estava naquele poço? Nós procuramos tantas vezes...
— Júlia me disse.

Houve um silêncio mortal.

— Como? Como ela disse, minha filha? Ela sabia que ia cair no poço? Ela disse que ia brincar lá?
— Não.
— Então como ela disse?
— De noite, no meu quarto, eu estava rezando, quando vi alguma coisa... era Júlia. Ela me disse que tinha caído no poço e que se sentia muito sozinha e assustada...

O pai franziu o cenho:

— Como é possível? Como ela poderia sair do poço e vir conversar com você?
— Era a alma dela.

O silêncio agora foi muito maior e constrangedor. Os adultos ficaram um tempo olhando um para o outro, como se não soubessem o que fazer. Então o pai se levantou e sacudiu a jovem:

— Como assim? A alma dela?

A menina abaixou os olhos.

— Vamos, responde! Responde ou sofrerá as conseqüências!

— Pai, eu vejo almas...

O pai empurrou-a, como se tivesse tocado em um sapo e sentisse nojo.

— Almas? Você vê... almas?

A mãe levou a mão à boca, para segurar um grito de horror. A tia fez o sinal da cruz.

— Almas... almas do outro mundo.

— Minha filha, minha própria filha, uma bruxa! — choramingou a mãe.

— O padre. Vamos levar a menina ao padre! — sugeriu a tia.

— Sim, é isso. Vamos levá-la ao padre. — decidiu o pai.

Helena foi levada ao pároco local. Ele ouviu mal e mal o relato. Os detalhes não lhe interessavam:

— Conversar com os mortos é coisa de bruxas!

— Nós sabemos, padre!

— É preciso ser duro para tirar o diabo dela. Terá que fazer penitência e jejuar. Deve rezar muito.

— Sim, padre, será feito.

Helena fez penitência e rezou muito, pedindo para deixar de ver e ouvir os mortos.

7

O padre e o francês ficaram duas horas no porão do navio, parados, em silêncio total, esperando por sua presa. Mas nada se mexeu. Não se ouvia um único som alem do cacarejar da galinha fugitiva.

Terminado o tempo, Samuel e Pedro se apresentaram. Deixaram a lanterna na segunda coberta e foi em meio ao escuro render os amigos. Ficaram lá por muito tempo e já estavam para desistir quando ouviram passos. Pedro chegou a se levantar para ir em direção ao barulho, mas o outro cochichou em seu ouvido:

— Deixe que chegue mais perto!

De fato, a pessoa foi se aproximando lentamente. Estava a uns três metros quando Pedro correu em sua direção:

— Ladrão, eu te pego!

O que se seguiu só pode ser descrito como perfeita confusão. Samuel só ouvia barulhos gritos, como se duas pessoas estivessem brigando. Na penumbra, percebia duas formas, mas não saberia dizer qual era Pedro. Assim, jogou-se sobre uma delas, só para descobrir que errara o alvo.

— Me larga, idiota! O ladrão está escapando! — gritou Pedro.

Os dois dispararam na direção do vulto que ia pulando sacos e caixotes. Com algum esforço o alcançaram. Pedro pegou o fugitivo pelo pescoço:

— Pára, ou eu te mato agora mesmo!

A figura deixou de oferecer resistência.

— Aqui está muito escuro. Precisamos levá-lo para cima.

Foram arrastando a pessoa, que, de tempos em tempos tentava fugir, apenas para conhecer a força dos braços de seus captores, especialmente Pedro, que parecia ter adquirido uma força descomunal.

Quando chegaram à segunda coberta, colocaram-no sobre a luz.

Não era ninguém da tripulação, ou passageiro. Era um rapaz mirrado, jovem, talvez com uns dezesseis anos. Tinha os cabelos grandes, negros e lisos, e uma barba rala.

— Por favor, não me batam, senhores! Por favor! Não me batam! Eu só roubei comida porque estava com fome.

Pedro olhou-o, intrigado:

— Quem é você? O que faz aqui?

— Meu nome é Gutierrez, señor. Por favor, não me faça mal!

— O que faz aqui? — insistiu o marinheiro.

— Sou um clandestino, señor. Embarquei no Porto. Pretendia ir para o Brasil.

— Para o Brasil, que história é essa? Por que não embarcou como marinheiro?

— Sou um cuidador de porcos, um porqueiro, como dizem. Señor, por favor, não me mate! Um cuidador de porcos não serve nem mesmo para marinheiro. Procurei emprego nos navios, mas nenhum me aceitou. Dizem que sou muito novo e magro... queria ir para o Novo Mundo, fazer a vida. Soube da história de um outro cuidador de porcos, analfabeto como eu, que tornou-se rei no novo mundo... posso ajudar no que for necessário. Pagarei pela minha comida.

— Foi você que matou o fazendeiro? — indagou Samuel.
— Fazendeiro? Senhor, eu nunca matei ninguém e não sei de nenhum fazendeiro... não tenho nenhuma arma comigo, como poderia matar alguém? Sou um pobre coitado, um porqueiro!

Aos muitos mistérios daquele navio, somava-se mais um: um clandestino. Mais uma pessoa, mais uma boca para alimentar, pensou Pedro. Quanto tempo duraria a comida e a água?

CAPÍTULO 07

No qual se conta o que aconteceu a Pedro após a morte da mãe e os sobreviventes do galeão se vêm no meio de uma guerra.

1

Francisco estava deitado sobre o convés. Os outros marinheiros estavam pelos cantos, jogando cartas, a maioria dos passageiros em seus camarotes. Mas ele ficava simplesmente lá, deitado sobre a madeira, sentindo o sol forte em sua pele. Gostava do sol. Fazia lembrar a África e as histórias que ouvia quando era criança. Fazia lembrar sua mãe. Era uma forma de liberdade.

Sua atenção foi despertada por uma algazarra. Alguém falava com forte sotaque espanhol, uma voz desconhecida. Sem se esforçar muito, ele se virou e olhou para as pessoas que subiam ao convés. Eram Agostinho, Samuel e Pedro. Mas havia mais alguém com eles. Um rapaz magro e baixo, de cabelos negros lisos. Parecia muito mirrado e cabisbaixo. Era humilde demais até mesmo para o padrão de um grumete.

— Señor, já lhe disse, eu não matei ninguém! Por favor, deve acreditar em mim!

Outras pessoas foram se aglomerando ao redor do grupo.

— Quem é esse? — perguntou Luisa.

— Meu nome é Gutierrez, señor.

— É um clandestino. — informou Agostinho.

— Foi ele que matou o fazendeiro! — disse Pedro.

— Então achamos o assassino? Ao mar com ele!

— Señor, eu lhe imploro. Por favor, não me jogue aos tubarões.

Francisco gargalhou:

— Esse aí, um assassino? Que piada? O coitado mal se agüenta em pé! Além disso, só de pensar em ser jogado ao mar, borrou-se todo...

Os outros olharam para suas calças e recuaram.

— Porco! — gritou Jean-Pierre.

O coitado ficou de joelhos e rastejou até Milton, segurando em sua batina.

— Perdón, padre! Por favor, diga a essas pessoas que eu não sou um assassino!

— Saia de perto de mim, ralé! Porco imundo! Como ousa tocar-me? Como ousa tocar num inquisidor com suas mãos sujas?

O rapaz parecia atônito. Vira o padre, percebera-lhe o leve sotaque espanhol e esperava encontrar refúgio nele.

— Ele não é o assassino. — disse o contramestre, lá longe. Mas é um clandestino. E clandestino se joga aos tubarões. Em todo caso, mais cedo ou mais tarde, é isso que acontecerá a ele.

Pedro aproximou-se do contramestre:

— Como sabe que ele não é o assassino?

O contramestre riu, misteriosamente.

— Não demorará muito para que você esteja imerso na mais negra peste. Escreva minhas palavras. Eu sei o seu segredo...

Pedro recuou, constrangido.

— Não temos provas de que ele seja realmente o assassino. Só os bárbaros condenam alguém sem provas. — disse Agostinho.

Luisa olhou-o, intrigada, com se o visse pela primeira vez. Andou até ele e pegou em sua batina.

— Então temos um bom samaritano aqui. É estranho. Você nem mesmo parece a mesma pessoa...

Agostinho encolheu-se, sem saber como lidar com a situação.

2 Pedro

Com a morte da mãe, Pedro foi morar em outra cidade, com uma tia. Tia Inês era uma mulher religiosa, que ficara viúva muito cedo e desde então passara a dedicar à missa a mesma atenção que antes dava ao marido, ou mais. Provavelmente mais. Tinha um comércio de tecidos. A vinda do sobrinho acabou sendo bem vinda. Quando estava na missa, era o sobrinho que ficava cuidando da loja.

O menino logo se acostumou à nova situação. Sua simpatia e sorriso constantes pareciam mais úteis ali do que no campo, onde ele só lidava com ovelhas e cabras.

— Bom dia, minha senhora!

— Bom dia, Pedro. Como estão as coisas?

— Ótimas, minha senhora. Ainda mais agora que chegou. Sabe, recebemos uns tecidos que vai adorar. Ficarão muito bem na senhora.

Esse diálogo se repetia diversas vezes por dia, com pequenas variações. Como o rapaz era bem apanhado, e já se transformava em um homem feito, muitas iam à loja sem precisar de tecidos. Iam, olhavam uma peça, olhavam outra, depois outra, e, no final, não levavam nada. Pedro não se importava. Recebia a todas com a mesma consideração. Gostava da conversa, e, principalmente, gostava de saber que estava sendo admirado.

Mas, no meio das muitas mulheres que passaram por ali, a maioria senhoras casadas já entrando em anos, as rugas conquistando cada vez mais espaço na pele, no meio de todas elas, uma menina encantou-o. Chamava-se Sofia e ainda era novinha. Tinha o quê? Quinze anos? Talvez menos. O rosto era angelical, de pele macia, os seios ainda botões em flor, a boca carnuda. Os olhinhos, pequeninos e castanhos, ressaltavam o jeito de boneca. Tinha um único defeito, algumas pequenas espinhas na testa e no queixo, coisa da idade, mas que a envergonhava muito. Para Pedro, no entanto, parecia que esse detalhe a tornava ainda mais interessante, como se lembrasse alguma coisa à qual ele se acostumara a gostar. Usava sempre um cordão em volta do pescoço, com uma cruz de madeira que ela gostava de pegar quando estava envergonhada, preocupada.

Sofia vinha constantemente à loja, pois sua mãe era costureira. Ou era uma fazenda, ou era uma linha, ou um botão, parecia que a necessidade de produtos era inesgotável.

— Minha mãe tinha me pedido também um botão e eu esqueci de comprar. — dizia ela, desculpando-se por voltar pouco depois de ter saído.

Era impressionante como ela sempre se esquecia de alguma coisa. Podia ser que fosse avoada, como dizia a mãe, ou podia ser que fosse outra coisa. Que ela voltasse para vê-lo. Pedro gostava mais dessa segunda possibilidade, tanto que sempre a recebia com um sorriso:

— Não é nada. Estou aqui para atendê-la.

E a vida dele ia seguindo assim: calma e tranqüila, até que um evento abalasse aquela calma.

3

Começou uma algazarra. De um lado o contramestre ria, de outro Luisa flertava com Agostinho, sob os olhares severos de Milton.

O clandestino aproveitou a oportunidade para esconder-se num canto.

Os outros não tiveram tempo de procurá-lo. De repente o tempo fechou. Nuvens negras cobriram o céu com uma rapidez satânica, lançando uma sombra compacta sobre o navio. Parecia que já era noite. A tempestade irrompeu com fúria tremenda. As águas varriam o convés, balançando o navio. Mas isso não era o mais impressionante. Embora por instinto todos os sobreviventes devessem procurar refúgio, seus olhos estavam fixos no horizonte e no espetáculo surreal que se apresentava. Havia outros navios à volta deles, mas eram navios como nem mesmo os mais experientes marinheiros jamais tinham visto. Pareciam ser feitos de ferro e muitos se perguntaram como algo feito de ferro poderia flutuar.

Eles não só flutuavam, como vomitavam fogo e trovões. Pareciam ter sido transportados para o meio de uma guerra. Mas que tipo de guerra estranha era aquela? Muitas bombas explodiam em pleno mar, provocando ondas tremendas. Havia homens mortos por toda a parte no mar e eles usavam roupas estranhas, impossíveis de serem descritas. Havia clamor, choro e berros tremendos.

Um navio soçobrou.

De repente, Helena irrompeu no convés. Vestida de branco, parecia um espectro e, à medida que andava, os outros se afastavam. Ela tinha o olhar vago, como se olhasse as coisas com olhos de outrem. Avançando até o centro do tombadilho, ela abriu os braços e começou a falar frase sem sentido.

Jean-Pierre aproximou-se dela e pegou-a nos braços. Ela estremeceu e pareceu voltar ao normal.

— Por favor, me leve de volta!
Jean-Pierre levou-a ao seu camarote, amparando-a.
— O que era aquilo?
— Aquilo?
— O que você disse.
— Eu não sei. Não consigo me lembrar.
— Parecia uma poesia.
— Talvez seja. Agora me deixe dormir.

4

No convés, os outros pareciam acordar de um sonho. As imagens da guerra que se travava ao redor do galeão iam pouco a pouco se desvanecendo, como a névoa que se desfaz com o vento. Ainda podiam ouvir o ribombar de canhões, mas já era um som distante e todos foram aos poucos voltando para seus lugares.

Milton insistia que haviam tido um vislumbre do inferno, enquanto seu pupilo Agostinho apenas ouvia.

Os marinheiros desciam à coberta para dormir em suas redes, enquanto os passageiros se acomodavam em suas cabines, tentando dormir, mas a maioria não conseguiria, pois as luzes e sons daquele estranho fenômeno estavam impregnados em suas mentes.

Pedro acomodou-se em uma rede na segunda coberta. Jean-Pierre não apareceu e isso não o surpreendeu. Ele imaginou que o amigo estaria velando o sono da bela Helena.

Manuel aproximou-se e deitou numa rede ao lado dele. Já estavam dormindo quando sentiu alguém puxando o punho de sua rede.

— Mas o que é agora?
— O que foi? — perguntou Pedro.
— Alguém puxou a rede.
— Não fui eu.
— Então quem foi?

O mistério não durou muito tempo. O clandestino apareceu entre as sombras.

— Senhores, deixe-me dormir aqui com vocês!
— Ah, essa é boa! O clandestino! Foi salvo pela algazarra, hein? Tenho certeza de que iam jogá-lo aos tubarões!

— Senhor, eu não sei de nada de mortes. Sou um pobre clandestino. Não quero nada além de comida e uma rede!

Pedro e Manuel se entreolharam.

— Diga uma coisa: você já trabalhou numa cozinha? — perguntou Manuel.

— Numa cozinha, senhor?

— Se vai ficar repetindo o que ele fala, é melhor jogá-lo logo aos tubarões! — riu Pedro.

— E então, já trabalhou como ajudante de cozinha?

— Senhor, eu nunca...

— Mas pode aprender? Preciso de alguém para me ajudar a preparar a comida.

O rapazinho pareceu entender que o que estavam lhe oferecendo era uma chance de salvação. O cozinheiro sabia que a única forma de garantir a vida do rapaz era fazendo com que ele fosse útil.

— Então, pode aprender? Pode me ajudar na cozinha?

— Senhor, eu lhe agradeço de coração. Estou de joelhos para lhe agradecer! Muito obrigado, meu senhor. Serei o melhor ajudante que o senhor já teve.

— Está bem, está bem. Levante-se e pare de beijar minhas mãos. Vou arranjar uma rede para você... e veja se não vai roncar ou soltar peidos enquanto dorme. Quero ver se consigo dormir essa noite inteira.

Manuel entregou ao rapaz uma rede suja e velha, mas parecia uma preciosidade para quem dormira até então no chão molhado do navio. O menino dormiu sorrindo naquela noite.

5 - Pedro

Um dia a tia, olhando o caixa, percebeu que faltava dinheiro.

— Tenho certeza de quanto tinha. Seu ladrãozinho! Anda roubando meu dinheiro!

Pedro ajoelhou-se, chorando:

— Tia, por favor, conte de novo. Deve estar enganada!

— Não, nada disso. Sei exatamente quanto tem no caixa. Fui roubada!

— Não fui eu! Não fui eu, minha tia!

— Como não foi você? Quem mais tem acesso ao caixa?

E, usando um cabo de vassouras, bateu nele até que o rapaz se encolhesse num canto.

— Seu safado! — gritava ela. Se não fosse eu, não teria ninguém no mundo! Devia estar agradecido e fica roubando a tia!

— Não, por favor, não fui eu! — gemia ele, entre um e outro soluço.

A tia parou de bater, escorou-se no cabo da vassoura e ordenou, ríspida:

— Já para seu quarto!

O menino saiu correndo pelo corredor que levava até o final da casa. A tia ficou algum tempo lá, na loja, matutando sobre o ocorrido. Depois teve vontade de tomar água. Atravessou o corredor e foi até a cozinha. Ao lado dela ficava o pequeno cubículo no qual dormia o moleque que ajudava na casa. Era um menino pequeno, de seus nove anos, que fazia pequenos serviços. A porta estava aberta. Ao passar por ela, Inês teve sua atenção despertada por alguma coisa. Parecia um volume sob o lençol, como se algo estivesse escondido ali, mas mal escondido. A mulher franziu o cenho. O que o garotinho estaria escondendo? Ela deu um passo dentro do quarto, depois outro e, na medida em que avançava, uma idéia a assolava: a idéia de que ela poderia ter acusado injustamente seu sobrinho. Suas mãos tatearam o lençol e perceberam um volume indistinto. Parecia um monte de moedas.

Inês engoliu em seco, metade dela querendo que fosse realmente dinheiro, a outra metade rezando para que não fosse. O lençol foi sendo afastado aos poucos, até revelarem um amontoado de moedas! Ela segurou-as nas mãos, sem saber o que fazer. Depois começou a chorar e correu até o quarto do sobrinho. Ao abrir a porta, encontrou-o encolhido na cama, com medo.

— Por favor, não me bata mais!

— Não, meu querido! Não vou te bater mais! — disse ela, andando até a cama e abraçando o sobrinho. Oh, como eu fui injusta! Oh, meu Deus, por favor, perdoe essa injustiça! Meu sobrinho, meu sobrinho querido!

O menino foi beijado uma dezena de vezes e os dois choraram juntos.

Algum tempo depois chegou o moleque. A mulher já o esperava, na porta da loja, com um relho na mão.

O menino veio desconfiado:

— Aconteceu alguma coisa, minha senhora?

Inês explodiu:

— Aconteceu alguma coisa? Seu pilantra desgraçado! Roubou o dinheiro do caixa! E ainda me fez acusar o meu sobrinho. Toma desgraçado!

E começou a surrá-lo sem dó. O menino, surpreso, não conseguia falar, repetia apenas ¨Ai! Ai! Ai!¨ e corria para se livrar da surra. Mas não tinha como escapar, pois Pedro fechara a porta da loja e o acesso ao corredor estava fechado pela figura corpulenta da mulher.

— Toma, desgraçado! Toma!

Quando achou que já estava bom, mandou que Pedro abrisse a porta da loja:

— Agora sai, ladrãozinho! Vai embora e nunca mais apareça na minha frente.

O menino fez que ia sair, depois voltou:

— Mas as minhas roupas?

A resposta foi uma lambada no ombro:

— Saia daqui antes que eu chame a guarda, moleque! Vai, chispa!

Quando o garoto saia, Pedro aproximou-se da mulher:

— Tia, não deveria ter sido tão severa com ele. Coitado, ainda é uma criança!

— Criança nada! Esse aí já tem a manha de ladrão! E além disso, ainda me fez te acusar!

Inês abraçou-o, emocionada e arrependida da injustiça. Agora, depois da surra no moleque, sentia-se mais aliviada.

CAPÍTULO 08

No qual Pedro marca um encontro com Sofia e Jean-Pierre tem uma estranha conversa com a moça de branco.

1 Pedro

As visitas de Sofia à loja de tecidos se tornaram cada vez mais freqüentes. O episódio do roubo do dinheiro fizera com que a tia ganhasse mais confiança em Pedro, de modo que o deixava sozinho na venda. Assim, o que antes eram conversas rápidas, tornavam-se longos diálogos.

Sofia chegava tímida, sempre a pretexto de comprar alguma coisa, mas logo o assunto desviava. Ela lhe perguntava sobre sua vida e sempre se emocionava ao saber que ele havia perdido a mãe de forma tão trágica. Uma lágrima costumava escorrer pelo rosto do rapaz quando ele falava da mãe, e isso cativava a menina.

Ela, por outro lado, tinha pouco a contar.

— Comparado com você, minha vida é um marasmo. Desde pequena ajudo mamãe na confecção das roupas, meu pai trabalha... é isso. Não há nada demais.

Pedro sorria malicioso:

—Uma menina tão linda, ter só isso para contar? No mínimo, deve ter um príncipe esperando para casar com senhorita...

Sofia ficava vermelha de vergonha.

— Quem me dera.

A conversa ia tão bem que Pedro esquecia-se muitas vezes dos outros fregueses, de modo que alguns resmungavam:

— Vamos parar de namoro e atender aqui?

Pedro parecia despertar de um transe e corria para atender ao freguês recém-chegado. Para compensar, era muito atencioso, de modo que sua tia nunca recebeu uma reclamação. Mas o povo começava a falar, a boca pequena. Só não tinham coragem de contar à mãe da pequena, uma senhora sofrida, que trabalhava até 12 horas por dia. Para que preocupá-la com o que parecia apenas um namorinho de portão? Afinal, aparentemente, os dois nunca haviam passado do ponto da conversa...

De fato, eles passaram muito tempo apenas nas conversas tímidas, mas um dia Pedro viu uma oportunidade única. Sofia viera no horário do almoço e não havia pessoas na rua. A tia tinha ido passear na casa de uma amiga. Sem ninguém por perto, Pedro puxou a menina para trás de uma porta e tascou-lhe um beijo. A menina pareceu sufocar. Pega de surpresa, tentou afastá-lo de si, mas depois relaxou e aceitou o beijo. Logo estava não só aceitando, mas retribuindo com grande empolgação. Pedro pegou-a pela cintura e percebeu que ela tremia de êxtase e medo. Depois daquele início tímido, ela se pendurara nele, beijando seu rosto e chupando sua boca, de forma desengonçada e meio histérica. Se não fosse tão perigoso, eles teriam transado ali mesmo.

— Ai que delícia! — dizia ela, entre um beijo e outro.

Pedro segurou seu rosto, fazendo com que ela fixasse seus olhos nos seus.

— Sim, é uma delícia, mas aqui pode chegar gente a qualquer momento. Hoje à noite. Vamos no encontrar e fazer mais disso...

— Mal posso esperar! — sussurrou a menina e deu-lhe mais uma dezena de beijos.

Naquela noite, a vida de Pedro seria mais uma vez marcada pela tragédia.

2

Jean-Pierre olhava para a mulher linda e branca à sua frente e lembrava de sua infância na França. Lembrava da pequena Anne. As lembranças apertavam seu peito, num choro contido. Helena dormia como um anjo. Jean-Pierre pegou sua mãe e acariciou-a, sentindo o contato com a pele.

Com calma, lentamente, ele abaixou o rosto e beijou a mão que acariciava. Fez isso com o respeito de alguém que beija um altar.

Helena estremeceu. Normalmente seu sono era tranqüilo, mas de tempos em tempos ela estremecia, como se assustada por demônios. A lamparina iluminava o aposento, espalhando sombras fantasmagóricas sobre as paredes. O marinheiro imaginou que poderiam ser essas sombras que estariam assustando a jovem, mas depois riu de si mesmo. Não, não pareciam ser as sombras. Pelo menos não aquelas sombras.

Então Helena acordou e olhou-o, depois fechou os olhos. Não parecia ela. Jean-Pierre não saberia explicar, mas era como se fossem os olhos de outra pessoa. A voz também parecia diferente. Era a voz de Helena, mas com um outro ritmo, como de alguém que não falasse há muito tempo e estivesse treinando o uso das cordas vocais.

— Helena, você está bem? Fiquei preocupado...

A moça colocou os dedos sobre os lábios do marinheiro, calando-o.

— O maior perigo é aquele que não se espera. Não se deixe enganar por palavras bonitas ou por supostas boas intenções. A cobra se esconde nos mais belos vasos.

Jean-Pierre olhou-a, intrigado.

— Você ainda não percebe onde está, não é?

— Onde estou? Eu sei onde estou. Estou num navio, rumo ao Brasil!

A moça sorriu, de olhos fechados.

— Você está num barco perdido, mas estão muito mais perdidos do que imaginam.

Houve um breve silencio, um silêncio calculado, como se a mulher estivesse cheirando o ar... não em busca de aromas, mas de recordações.

— Eu posso sentir... o sofrimento... tudo pelo que você passou... o ódio dentro de seu peito. Não deixe que o ódio envenene seu coração... pobre menino, pobre menina... diga, ouviu minha advertência?

— Sim, mas o que quer dizer?

— Não posso falar muito. Gostaria de ser mais claro, mas não posso. Existem regras a serem cumpridas. Só posso adverti-lo. Tome muito cuidado, o perigo vem de onde menos se espera.

— Está falando do garoto, do clandestino? Ele me parece inofensivo.

A moça riu. Era estranho olhar para ela, ali, falando e rindo sem abrir os olhos.

— Tome cuidado, marujo. Seja cuidadoso... não se afaste de Helena, mas não pense que ela é quem corre o maior perigo. Preciso ir agora.

— Não, espere! Helena!

A moça estremeceu e arranhou o lençol da cama com as unhas. Depois ficou calma.

Jean-Pierre ficou lá, acordado, até que seus olhos não conseguissem mais se manter abertos. Então ele dormiu, com a cabeça sobre a cama da jovem, segurando sua mão.

3 - Pedro

Pedro não conseguia dormir. Marcara com a menina alta hora da noite, no campo, um local em que sabia em que não seriam perturbados por ninguém. Para não levantar suspeitas, foi para o quarto cedo. Mas ficou rolando na cama. No começo, ouvia a tia rezando alto, mas logo até esse barulho se apagou, junto com a vela no quarto da tia. Precisava ter certeza de que a tia estava realmente dormindo antes de se aventurar pelo corredor, então aguçou os ouvidos, atento. Quando achou que estava que já era tempo, saiu da cama e abriu lentamente a porta. Por mais lento que fosse, não conseguiu evitar um rangido (precisava ter lembrado de colocar óleo nas dobradiças) e a voz esganiçada da tia soou no outro quarto:

— Pedro, onde você vai?

O rapaz respondeu, prontamente:

— Beber água, tia.

— Vê se dorme logo, que eu não consigo dormir com barulho!

— Sim tia!

Não havia outro remédio. O jeito era ir até a cozinha, servir-se de um copo de água e voltar para o quarto. Se não voltasse, a tia se levantaria para ver o que estava acontecendo. Foi o que fez: tomou a água, voltou para o quarto e ficou lá, rolando de um lado para o outro e rezando para que a tia dormisse logo. Pensamentos voavam em sua cabeça. E se Sofia chegasse antes dele e resolvesse voltar para casa? E se fosse pega antes de sair de casa? E se ela simplesmente desistisse e resolvesse não ir. As hipóteses dançavam em sua cabeça, misturando-se às fantasias do que faria com ela naquela noite. Como não tinha relógio, não sabia quanto tempo se passava, mas, enfim, resolveu arriscar. Dessa vez, no entanto, decidiu sair pela janela, o que faria menos barulho que a porta e arriscava menos.

Ele se levantou com cuidado, tirou a madeira que fazia as vezes de tranca e colocou-a no chão, delicadamente, para que não fizesse barulho. No outro quarto, a tia resmungou e tossiu um pouco, mas pareceu voltar a dormir. Pedro segurou a respiração por um tempo, depois voltou à janela. As duas abas foram abertas lentamente, e, felizmente, pareciam estar em melhor estado que a porta, pois deslizaram com facilidade e sem barulho. O rapaz saltou para fora e depois puxou com cuidado a janela, para dar a impressão de que ainda estava fechada.

Agora, era chegar ao local sem despertar suspeitas. Felizmente, a pequena cidade parecia deserta àquela hora. Pedro avançou rápido, sem ver viva alma. Então, quando menos esperava, ouviu passos. Seria Sofia? Por via das dúvidas, escondeu-se atrás de uma casa. Quem quer que fosse, vinha do campo, justamente do lugar onde eles haviam marcado. Pedro teve ganas de correr na direção da pessoa, acreditando que era Sofia que desistia do encontro. Mas segurou-se, por sorte. Não era Sofia, mas o padre, que passava apressado, na direção da igreja. Pedro observou-o passar e ficou imaginando o que teria tirado o padre da cama àquela hora.

Vendo o caminho livre, continuou, a passos rápidos. Não se importava com mais nada. Apenas pensava na menina. Estaria esperando por ele?

4

O dia acordou lindo, ensolarado. Nem mesmo lembrava os terrores da noite, os tiros e explosões, os gritos de mortos e os navios naufragando. Agora a face do oceano estava calma e o sol lá de cima parecia sorrir para todos. Uma leve brisa tornava o ar refrescante. Os sobreviventes foram acordando, um a um.

Manuel foi um dos primeiros a acordar. Seus vários anos como padeiro fizeram com que madrugar se tornasse um hábito. Ali, até que ele ia muito além do normal, pois normalmente deixava o sol aparecer para começar suas atividades. Ele se levantou da rede e soltou um longo bocejo, espreguiçando-se.

— Vamos acordar, gente! Vamos, o sol já nasceu!

Vital e Pedro soltaram resmungos e fingiram que estavam dormindo, embora na verdade fosse absolutamente impossível continuar dormindo depois de todo aquele ritual do padeiro para acordar. Além de bocejar e espreguiçar, ele soltava alguns grunidos estranhos, como um porco sendo morto.

— Vamos acordar, gente! — repetiu ele, após mais um daqueles sons aterradores.

— Ah, nos deixe em paz! — gemeu Pedro.

— Meu nobre amigo, por favor, prepare alguma coisa para que esse seu pobre admirador possa comer! Um ovo frito, talvez. — disse Vital.

— Ah, esses dois hoje estão preguiçosos! — grunhiu Manuel. Pois bem, fiquem um pouco mais aí. Mas você não me escapa! E agitou forte o punho da rede onde estava o pequeno clandestino.

O menino quase caiu no chão.

— Calma, calma! Já estou levantando!

— Então venha logo, antes que eu lhe dê um chute nos fundilhos!

— Sim, señor, já estou indo!

E lá se foi a dupla. O gordo Manuel andando firme, segurando na pança e atrás seu jovem escudeiro, puxando as calças, que insistiam em cair.

Vital e Pedro caíram na gargalhada.

— Que dupla! — comentou Pedro.

— Só patife! — concordou Vital, e esse comentário fez com que os dois rissem até não poder mais.

— Vamos, vamos, precisa me ajudar aqui. Ontem eu não lavei as louças da sopa! Você vai puxar água do mar e vai lavar tudo, certo?

— Sim, señor!

— Essa é a minha cozinha. É meio apertada, mas dá para o gasto.

— Sim, señor!

— Quer parar de dizer "sim, senhor"?

— Sim, señor!

— Ah, droga! Desisto! Só faça o seu trabalho. Vou lhe ensinar um pouco do que sei para que possa me ajudar. É uma pena que não tenhamos um forno para fazer um pão, mas com um pouco de farinha e água posso fazer bolinhos de chuva que vão ajudar a matar a fome de toda essa gente.

Manuel olhou para o pequeno clandestino por alguns minutos. Parecia muito pequeno, menor ainda por causa das calças maiores que ele, amarradas por uma corda, um detalhe que escapara ao padeiro na primeira vez que o vira. O coitado o olhava como um cachorrinho pedindo comida.

— Gutierrez, esse é seu nome, não é mesmo?

— Sim, señor.

— Gutierrez, o que está fazendo aqui que ainda não foi buscar água para lavar a louça? Vamos, corra homem. Vai encontrar um balde amarrado na balaustrada! Corra!

— Sim, señor.

E lá se foi o garoto. O padeiro riu para si. Apesar da maneira dura com que o tratava, gostava dele como se fosse um filho. Um filho que ele poderia ter tido com Maria. Ah, Maria... não, melhor esquecer isso e se concentrar na comida. A comida nunca o traíra.

O garoto voltou em instantes, com um balde de água.

— Encha essa bacia e pegue mais! Antes me dê um pouco para eu colocar nesses bolinhos...

O menino foi e voltou novamente com o balde. Cada vez mais, o padeiro se acostumava e se afeiçoava a ele.

— Sabe, garoto. A comida é um dom de Deus. O que seria de nós sem comida, não é mesmo? Mas para fazer comida, é necessário ter amor, mesmo que não seja correspondido. Você já amou, meu filho?

— No, señor...

— Não, você não deve ter amado nada além do peito de sua mãe. Faz bem, ainda é uma criança. Mas um dia você vai crescer e vai amar. Quando crescer e se apaixonar, lembre-se de minhas palavras. Mesmo amar alguém que não nos ama é melhor do que nunca amar. Há pessoas que passam pela vida e nunca amam nada, nunca se apegam a nada, nada faz o menor sentido para eles. É uma vida dura, meu filho.

Manuel falava e ia fazendo a comida. A banha de porco ia derretendo na frigideira, inundando a cozinha com um cheiro forte. Quando os bolinhos começaram a ser pingados na frigieira, o fedor enjoado da banha deu lugar ao aroma confortável do quitute.

— A comida, meu filho, é o melhor remédio. Comida cura até tristeza. Até tristeza...

Parecia que uma lágrima furtiva ia aparecer na face do homem gordo.

— Vá chamar Jean-Pierre. Ele está no camarote da moça de branco. O primeiro a direita, na segunda coberta. Vá lá e chame ele. O coitado deve estar sem comer nada desde ontem. E ele com certeza vai querer levar uns bolinhos para a moça do camarote.

— Señor, se quiser, eu posso levar os bolinhos.

— Eles ainda não estão prontos, seu tonto! Além disso, Jean-Pierre vai querer fazer questão de levar os bolinhos ele mesmo. Agora vá logo!

O garoto saiu correndo e finalmente uma lágrima escorreu do rosto de Manuel. Como se ele estivesse cortando cebola.

5 - Pedro

Pedro chegou ao lugar combinado, uma área de campo, protegida por um muro antigo, mas não encontrou ninguém. Andou para todos os lados. Ninguém. Teve vontade de gritar o nome da moça, mas não tinha coragem. Sabia que isso poderia acordar alguém e não saberia explicar o que estava fazendo na rua àquela hora.

Por fim, sentou numa pedra e ficou lá esperando. Assustava-se com o menor barulho, entre medo e ansiedade. Uma parte dele queria que a menina aparecesse. A outra queria ela sumisse para nunca mais. Impaciente, pegou um graveto e começou a quebrá-lo em pequenos pedacinhos. Lá em cima, no céu, a lua deslizava suavemente na direção do horizonte, como um relógio que bate as horas.

....

Apesar do dia já estar amanhecendo, ainda não havia ninguém na rua e ele não encontrou dificuldade para chegar em casa. Entrou pela janela e tentou dormir, mas não conseguiu. Os eventos daquela noite vinham em flashs em sua mente. Quando deu por si, o sol já entrava pelas frestas da janela. Embora costumasse levantar cedo e já estivesse acordado, ele não se levantou. Ficou lá, deitado, rolando na cama, até que a tia veio bater à porta.

— Vamos, acorde, rapaz! Já é hora de abrir a loja.

Pedro levantou modorrento, lavou o rosto numa tigela e bebeu o café que a tia preparara. Só o café, pois não estava com fome. Depois foi abrir a loja, com olhar perdido, meio tonto de sono. A primeira freguesa que entrou foi justamente a mãe de Sofia. O rapaz estranhou, pois era raro ela ir até a loja.

— O que a senhora deseja, minha senhora?

— O que eu desejo? Eu desejo que você me diga onde está a minha filha, seu sem-vergonha!

CAPÍTULO 09

No qual Pedro é acusado de um crime e Vital fala sobre uma terra estranha.

1

O garoto teve alguma dificuldade para descobrir onde era o camarote da mulher de branco. Felizmente, encontrou um padre (o mais jovem. Gutierrez percebera que havia dois padres naquele navio. Um era jovem e simpático, o outro era velho e rabugento como um cachorro com fome) no corredor.

— Señor, pode me dizer onde fica o camarote da mulher de branco? O cozinheiro me pediu para chamar alguém lá.

O padre apontou com o dedo, mas não disse nada. Sua atenção parecia estar voltada para outra coisa, no outro extremo do corredor.

A portinhola se abriu lentamente. Gutierrez queria parecer respeitoso.

O camarote era pequeno, pouco mais que o espaço de uma cama e uma cadeira, mas podia-se perceber em pequenos detalhes que uma mulher viajava ali. Havia um baú aberto no chão e lá algumas roupas femininas, todas brancas. No meio das roupas, o rosto de uma boneca de porcelana se destacava. Era um rosto delicado, como a mulher deitada sobre a cama. Ela dormia como um anjo e, ao lado dela, um marujo dormia, sentado em uma cadeira. A cabeça dele repousava sobre a pequena cama e sua mão agarrava a da moça.

— Señor, o cozinheiro me pediu para acordá-lo. Señor...

O marujo abriu os olhos, perdido por um instante. Pareceu espantado.

— O clandestino?

— Estou ajudando o cozinheiro, señor. Ele me pediu para vir chamá-lo. Para comer alguma coisa.

O marujo se levantou e soltou a mão da moça. Ela abriu os olhos, assustada.

— Está tudo bem. — garantiu Jean-Pierre. Vou sair um pouco. Pegar algo para você comer. Volto logo.

Os dois saíram pelo corredor, mas esqueceram a porta aberta. No caminho encontraram com o padre mais velho e este olhou severo para o pequeno clandestino, que ficou feliz de se ver livre dele, subindo da coberta. O padre mais jovem já não estava mais no corredor.

2

Agostinho parecia estarrecido. O garoto conversava com ele, perguntando algo sobre uma mulher de branco. Ele apontou para um camarote, meio que instintivamente, sem nem mesmo olhar o que estava fazendo. Sua atenção estava toda voltada para outro local.

Lá no canto, no final do corredor, a fazendeira estava em frente à porta, em roupas de dormir. Parecia bela, sensual, e essa sensualidade lhe dava um poder incrível. Mas não era isso que espantava o jovem religioso, nem mesmo era o que lhe chamava atenção. O mais estranho era com quem ela estava conversando!

Lá estava Rafael, sorridente, uma mão apoiada na parede do camarote, a cabeça inclinada na direção da mulher. Ele parecia pedir para entrar, e a mulher parecia indecisa. Embora estivessem longe, Agostinho podia ouvir o que falavam.

— Vamos lá, só mais essa vez!

— Seu safado!

— Sei que você gosta disso!

— Você é louco ou quê? Pense na sua situação! Se alguém ver você aqui...

— Vai me deixar entrar, ou não?

A mulher pareceu indecisa. Mordeu o lábio inferior. Fez um S com os dedos dos pés nus no chão e, por fim, decidiu-se.

— Está bem, mas essa é a última vez, seu doido!

— Amanhã você vai dizer o mesmo!
— Vou, vou mesmo! — disse ela, e puxou para dentro do quarto.

Agostinho não percebeu que andava até o camarote. Era como se ele fosse levado por seus próprios pés. Então ele tocou na madeira e a porta se abriu. Os dois lá dentro pareceram não perceber. A fazendeira estava deitada na cama, ainda de roupa, mas Rafael retirava-lhe a blusa e beijava seu pescoço, enquanto a outra mão avançava pela saia.

— Você estava estranho ontem. Às vezes acho que você é louco...
— Louco por você!

Ele beijou-a como um selvagem, avançando do pescoço para a orelha. A fazendeira gemia alto.

— Ai, às vezes eu tenho medo de você... esse seu jeito estranho... às vezes é tão...

Rafael colocou o dedo sobre os lábios dela, calando-a.

— Pare! Não continue. Apenas peça... peça o que você quer...

Os olhos da fazendeira brilharam de luxúria e ela finalmente concordou:

— Me possua e eu não falo mais nada!

Agostinho fechou os olhos e se recusou a continuar olhando.

3 - Pedro

Pedro não podia acreditar no que ouvia. A noite sem dormir fazia com que ficasse ainda mais apático, diante das acusações da mãe de Sofia.

— Vamos, seu safado! Diga logo o que fez com minha filha? Ela está escondida aqui?

A tia veio lá de dentro, saber o motivo da algazarra:

— O que está acontecendo?
— O que está acontecendo é que esse seu sobrinho sumiu com a minha filha!

Inês pareceu indignada:

— Do que você está falando, sua fofoqueira? Meu sobrinho é um santo!

A outra colocou a mãos nas cadeiras e fez cara de escárnio:

— Santo do pau oco!

Depois fez cara séria:

— Olha, é bom a minha sobrinha aparecer lá em casa, senão...
— Senão o quê?

A resposta da outra foi sair batendo os pés, deixando a ameaça no ar.

— Pedro, você tem alguma coisa a ver com isso?

101

O rapaz engoliu em seco. Contaria à tia que havia marcado com Sofia para se encontrarem de noite? Contaria a ela que vira o padre vindo do mesmo lugar onde estava a menina? Sentia-se entre a cruz e a espada.

— Não, tia. Nem sei do que essa mulher está falando. — disse, por fim.

Inês deu um resmungo:

— Essa rapariga nunca me enganou. Deve ter fugido com algum homem. Essas meninas só pensam nisso! Olha, Pedro, se ela voltar, não quero saber dela aqui, entendeu? Esta é uma loja de respeito!

— Sim, senhora. — concordou o rapaz.

Ele esperou que as coisas se acalmassem durante a tarde, mas não foi isso que aconteceu. Sofia não voltara para casa e um murmúrio começava a tomar conta da pequena cidade. Naquele dia não houve uma única venda, nem mesmo uma mulher foi comprar um botão ou uma peça de tecido. Ninguém apareceu para conversar ou para olhar as novidades. No entanto, a cidade quase toda passou pela frente da loja, olhando para dentro. Pareciam animais à espreita, prontos para caçar.

Quando a noite caiu e Sofia não voltou para casa, o murmúrio se transformou em revolta. Se antes as pessoas passavam discretamente, agora elas já se aglomeravam descaradamente na frente na loja. Era como um barril de pólvora prestes a explodir.

Alguém trouxe uma enxada, o que pareceu dar idéias a outros. Logo havia pessoas com foices, facas, paus. Pedro não pôde deixar de observar que o padre estava entre eles. Não carregava nenhuma arma e parecia constrangido, mas estava ali, entre eles, e sua presença parecia dar força à população. Preocupada, a tia postou-se na frente da loja:

— O que estão fazendo? Que algazarra é essa?

— Queremos seu sobrinho! — gritou alguém.

— Ele seqüestrou Sofia! — berrou outro.

Qualquer pessoa ficaria apavorada naquela situação, mas Inês era uma mulher de garra, que sempre vivera sozinha desde que enviuvara e nunca dependera de ninguém. Ela já enfrentara as pessoas daquela cidade em outras ocasiões e não iria recuar daquela vez.

— Se meu sobrinho seqüestrou a menina, onde ela está?

A turba pareceu confusa com essa pergunta. A princípio ninguém parecia ter a resposta, mas foi a própria mãe da menina que achou o que dizer:

— Sofia está escondida na sua casa. Você está acoitando seu sobrinho, sua desavergonhada!

Essa resposta pareceu agitar os ânimos de revolta. Um murmúrio se espalhou pela turba, até se transformar um coro único:

— Desavergonhada! Desavergonhada!

Pedro percebeu as veias do pescoço da tia se dilatando, um sinal de raiva. Lá fora, no meio da multidão, estava o negrinho que ela espancara por roubar seu dinheiro. E era um dos que mais gritavam.

— Se acham que estou escondendo a menina, entrem em minha casa e vejam com seus próprios olhos. Não há ninguém aqui, além de mim e do meu sobrinho.

— Vamos dar uma boa lição nesse rapaz! — gritou um homem, agitando uma enxada.

A multidão já não a ouvia mais, então Inês fechou a porta. Estavam fora de controle e iriam invadir a casa a qualquer momento.

4

— Como vai, Jean-Pierre? Apavorante a noite de ontem, não é mesmo?

O marinheiro francês ainda parecia meio adormecido quando entrou na cozinha, ao contrário do cozinheiro, já totalmente acordado e em plena tarefa.

— Nunca vi nada como aquilo. Parecia uma guerra... mas nunca vi canhões como aqueles... e parecia... não sei como dizer... parecia que havia navios debaixo d´água.

— Sim, eu também percebi. Como peixes. E explosões lá embaixo também... explosões debaixo da água! Sinceramente, parece que morremos e fomos para o inferno!

— Eu não me sinto no inferno, eu me sinto com fome.

O cozinheiro piscou para ele e cutucou-o maliciosamente:

— A noite foi boa, não é mesmo? A mocinha de branco...

O marinheiro fuzilou-o com o olhar.

— Não pense besteira. Eu apenas velei o sono dela...

E olhou para o clandestino.

— É verdade, señor. Ele estava apenas segurando a mão da moça.

O padeiro pareceu desconcertado com isso.

— Bem, então o gajo faz o papel de cavaleiro andante! Pois bem, leve um pouco de comida para sua formosa donzela, mas antes coma um pouco.

— Ora, ora. Ouvi falar que o rapaz aqui agora tem uma bela donzela! Melhor. Para o padeiro ali, só sobrou o dragão, ouvi dizer.

Era Vital, entrando na cozinha e metendo o dedo na massa de bolinhos.

— O senhor me respeite, ouviu! — gritou, zangado, Manuel. Que história é essa de dragão, hein! Menino, pegue aquela colher de madeira para eu ensinar bons modos a esse mal-educado. E tire o dedo da minha massa!

A colher de madeira estalou na tigela de madeira. Por pouco não acertara o dedo do marinheiro, que a tirara rapidamente.

— Mas é só patife! Não se pode nem comer alguma coisa...

— Deixe ficar pronto. Estou fritando uns aqui, os que estão prontos são para o senhor Jean e para a sua donzela do camarote.

Jean pegou dois bolinhos. Comeu um e deu o outro para Vital.

— Um bolinho já é suficiente para mim. Pode comer outro.

— Meu amigo, meu grande amigo. Não sabe como lhe sou grato! Ah, a amizade é perfume que só os mais refinados reconhecem... olhe, certa vez, estando eu na minha terra, no Brasil...

Os olhos do pequeno Gutierrez brilharam com a promessa de história. Percebendo que teria uma platéia cativa, Vital concentrou-se nele.

— Você conhece o Brasil, meu bom garoto?

O menino gaguejou:

— Não, meu senhor...

— Oh, terra de maravilhas, terra de maravilhas! Mas também de mil perigos! Eu tinha saído com esse grande amigo cujo nome, no momento eu não me recordo...

— Bem se vê o quanto eram amigos! — resmungou o padeiro.

— Não atrapalhe, invejoso. Como dizia, íamos pescar no mar, mas começou uma tempestade e tivemos que voltar para a costa. Nisso, perdemos o caminho. Achávamos que estávamos perto da vila, mas nada da vila. Víamos ali um ponto que parecia mais iluminado dizíamos: é ali, e remávamos com toda a nossa força, mas nada. Quando já estávamos cansados demais, resolvemos parar na praia e passar a noite ali mesmo. A chuva estava forte e nós completamente encharcados. E era uma noite fria... mas não tínhamos outra opção, compreende?

— Sim, meu señor.

— Mas, além do frio, havia um perigo ainda maior. Os animais terríveis da selva, que podiam cair sobre nós a qualquer momento...

— Animais?

— Sim, o Mapinguari, por exemplo, um bicho enorme, com a boca na barriga, dezenas de dente e um bafo do cão, o Saci, um negro de uma perna só, fumando cachimbo, a Matinta-pereira, uma mulher que vira porco à noite.

O garoto já nem respira, em suspense com a narrativa. O cozinheiro resmungava e continuava fritando bolinhos. Jean-Pierre simplesmente olhava, sorrindo, divertindo-se tanto com a narrativa quanto com a reação do garoto.

— E, além de todos esses animais terríveis, havia os índios...

— Ei, Vital, não enrole. Você também é filho de índios! — interveio Jean-Pierre.

— Sim, minha mãe era índia, mas era uma índia cristã, civilizada. Nada como aqueles índios terríveis do lugar onde paramos. Aqueles índios era verdadeiros demônios, comedores de carne humana...

O garoto engoliu em seco.

— Carne humana?

— Isso mesmo. Ah, meu pequeno. Você não sabe quantas maravilhas e quantos perigos o aguardam no Brasil! Pois bem, lá estávamos nós, meio que naufragados, na beira da praia, a morrer de frio... tudo que tínhamos para nos aquecer era uma garrafa de cachaça... nós bebemos tudo e passamos a noite lá, abraçados, tendo de confiar apenas um no outro.

— Depois fui eu que fiquei com o dragão! — resmungou o cozinheiro.

Vital exasperou-se:

— Ah, assim não é possível! Estou aqui, a contar uma história de amizade... e o outro...

Então parou, engoliu o último pedaço de bolinho e pareceu despertar, como se tivesse lembrado de algo.

— Jean-Pierre, Pedro quer falar com você. Eu e ele estávamos pensando em refazer o velame e tentar manobrar o navio. Mas precisamos de sua ajuda...

— Mas... Helena!

— Oh, não se preocupe, meu filho. — tranqüilizou o padeiro. Você não pode ficar ao lado dela o tempo todo. É pode deixar que eu mando o gajo aqui levar uns bolinhos para ela. De fome a moça não morre.

Jean-Pierre pareceu indeciso. Olhou o vazio por alguns minutos, depois se decidiu:

— Está certo. Mas peça para o garoto levar comida para moça...

E saíram. Se soubesse o que aconteceria com sua doce donzela, Jean-Pierre não teria aceitado.

5 - Pedro

Inês abraçou o sobrinho com força e beijou-o:

— Meu querido, meu querido! Sei que é inocente, mas essa gente está fora de si! Vão entrar logo nessa casa e não sei o que farão se te encontrarem aqui. Deves fugir imediatamente!

O menino beijou-a:

— Tia, não posso abandoná-la.

— Mas deve! — retrucou a matrona. Vá para o Porto. Procure por um capitão, amigo meu. Vou escrever uma carta e lhe dar algum dinheiro.

A mulher levantou, pegou um lápis e redigiu algumas poucas palavras. Juntava a falta de preparo intelectual com o apressado na situação.

— Entregue para ele isso! E pegue esse dinheiro. Não é muito, mas é o que posso lhe dar. Agora corra!

— Mas!

— Sem mas! Corra! Vá pela porta dos fundos!

Pedro agarrou a carta e se aproximou para dar um beijo na tia, mas foi repelido:

— Não perde tempo! Vai!

O que se seguiu foi algo que viveria em sua memória na forma de lembranças confusas, como uma colagem de fatos e rostos.

Quando ele saía pela porta dos fundos, alguém, que contornara o quintal, percebeu a manobra e deu o alerta:

— Está saindo pelos fundos! Está fugindo!

Aparentemente, a multidão se dividiu em duas. Uma parte dela contornou a casa e foi no encalço do fugitivo. A outra forçou a porta da casa da frente.

Pedro percebeu a tia gritando e a multidão passando por ela, pisando-a, em polvorosa.

Embora fossem rápidos, os perseguidores não corriam pela vida. Pedro corria como um louco, serpenteando as casas, ultrapassando obstáculos. Em certo momento, um homem corpulento, o açougueiro, chegou a agarrar sua camisa, derrubando-o. A visão escureceu. Como um cego, Pedro apalpou o chão, em busca de algo. Sua mão alcançou o que parecia um pedaço de madeira. Bastou um golpe. A madeira cravou-se na pele macia e destroçou uma parte dos olhos. O açougueiro levou a mão ao rosto, agora deformado.

— Meu olho! O desgraçado me cegou!

Se o outro cegava, Pedro retomava finalmente a visão e a fuga. O que havia sido quase um desastre se tornara um ponto a seu favor: muitos dos que o perseguiam pararam para ajudar o açougueiro, apesar desse gritar e gritar para que continuassem.

Logo Pedro estava nos campos e já poucas pessoas se aventuravam a correr atrás dele, mas sem muita convicção. Ele parou, olhou para trás e espantou-se: mesmo daquela distância era possível ver que uma casa estava em chamas. A casa da tia Inês!

CAPÍTULO 10

No qual se conta os fatos horríveis acontecidos com Helena e Agostinho descobre do que o outro é capaz.

1

O menino cerrou a boca, tentando sufocar um grito. Os bolinhos caíram do prato e rolaram pelo chão. Ele nem mesmo reparou. Seus olhos assustados fitavam a mulher sobre a cama como que hipnotizado. Deus! O que haviam feito com ela? "Madre de Dios!", ele disse, e repetiu, diversas vezes. "Madre de Dios!".

Tudo começara quando o cozinheiro pedira para que ele levasse alguns bolinhos para a jovem.

— Seja respeitoso, meu jovem. O senhor Jean-Pierre não vai gostar nem um pouco se souber que você se engraçou com a adorada dele.

— Sim, señor.

O cozinheiro riu:

— Mas só sabe dizer isso! Vamos, ande! Leve os bolinhos e volte aqui para me ajudar!

O pequeno clandestino atravessou o convés sob os olhares de várias pessoas. Parecia haver uma animosidade naqueles olhares que o acompanhavam. É como se dissessem: mais uma pessoa para dividir a comida. A maioria das pessoas fazia questão de deixar claro que ele não era bem vindo ali. Quando passou pelo contramestre, este o chamou:

O homem segurava um bastão com as mãos nervosas, mas as mãos, ágeis, pareciam ser a única coisa que se movia nele. Os olhos, fechados, pareciam ver através das pálpebras. Mas não como uma pessoa que olha normalmente. Era como se ele enxergasse tudo à sua volta.

— Então você é o clandestino, hein? Não tem um bolinho para mim?

O rapaz olhou para o prato de metal que carregava.

— Estou levando bolinhos para a moça de branco, señor. Mas acho que posso lhe dar um.

— Ótimo.

Então o homem levou a mão à frente e pegou um dos bolinhos no prato. Ele não tateou, como fazem os cegos, nem errou. Sua mão direcionou-se diretamente para onde estavam os bolinhos. O garoto se perguntou como ele podia fazer isso, sendo cego.

— Obrigado. — disse o contramestre. Olhe à sua volta. Muitos dizem que você matou o fazendeiro. Mas sabem que não é verdade. Você não teria condições de fazer isso. É pequeno demais, frágil demais. No fundo, só estão reclamando porque sabem que você é mais uma boca...

— Sim, señor... — disse Gutierrez, afastando-se.

— Menino?

O garoto parou, olhando por cima dos ombros.

— Você vai fazer uma descoberta terrível... esteja preparado!

O garoto meio que correu dali. A voz do homem o assustara... e o que ele dissera o deixara apavorado. Teve que segurar os bolinhos para não deixá-los cair. Passou rápido por Jean-Pierre e Vital, que recolhiam o velame.

— Olhe só, o menino levando comida para sua donzela! — brincou Vital.

— Diga ela que já vou, assim que terminar aqui. — pediu Jean-Pierre.

— Sim, señor. — fez o garoto.

Ao descer a escada, deparou-se com o padre idoso. O velho passou por ele resmungando e empurrou-o contra a parede. O menino soltou um gemido de dor, mas só obteve como resposta uma palavra em espanhol que parecia muito pouco apropriada para um sacerdote. O menino reparou que o homem suava muito, sua testa totalmente molhada. As mãos, como garras de uma águia, tremiam insistentemente.

— Saia da minha frente, seu imprestável!

O pequeno clandestino observou-o afastando-se e andando sem rumo pelo convés. Quando voltou a prestar atenção ao corredor, viu Pedro.

— Jean-Pierre está procurando por mim?

— Sim, señor.

— Devem estar precisando de minha ajuda. Estava lá embaixo, verificando as previsões. Hum... trouxe bolinhos!

— São para a senhorita de branco, señor...

— Certo. Vou pedir alguns ao cozinheiro. Vá fazer sua entrega.

O menino deu alguns passos e já estava na frente do camarote. Ele bateu na porta e surpreendeu-se ao ver que ela abria sozinha. Como se alguém a tivesse deixado aberta. A porta abriu lentamente, com um rangido, reclamando. Os olhos do garoto subiram da porta para a cama e para a mulher deitada lá. Então percebeu que havia algo errado. O vestido branco estava manchado de vermelho. Sangue. A mancha rubra estendia-se pelas pernas da mulher, como uma flor desabrochando. "Santa Madre de Dios", pensou o garoto, e subiu os olhos. O tronco da mulher estava apoiado no travesseiro, mas a cabeça pendia para o lado, os olhos abertos, sem vida.

O clandestino deixou cair o prato e os bolinhos rolaram pelo chão.

Antes que tivesse consciência do que estava fazendo, ele gritou, gritou e gritou até que não restassem mais voz em sua garganta.

2 - Agostinho

Agostinho continuou encontrando Rafael em vários outros momentos. Em algumas situações, era apenas um encontro ocasional. Quase como se tivesse surgido de seus próprios pensamentos, Agostinho via Rafael aparecer do nada, acenar-lhe e desaparecer. Em muitas dessas ocasiões, ele estava fazendo algo errado, alguma espécie de peraltice maligna que o futuro padre não conseguia impedir.

Por outro lado, a relação com Ana se estreitava cada vez mais. Ela constantemente vinha visitar frade Felipe e os dois acabavam conversando. Agostinho tinha consciência de seus votos, e nunca ultrapassava um limite seguro... mas havia sempre as trocas de olhares furtivos, o leve toque de peles quando a mão de um tocava na mão de outro.

E havia aquelas noites em que Agostinho acordava suado, o coração aos pulos, para só então perceber, constrangido, que havia sonhado com a moça.

A menina, aliás, ia se transformando em mulher. Os seios floresciam como pétalas doces, as ancas alargavam-se a olhos vistos e ela parecia toda exalar sensualidade. Era como uma jóia, uma pérola, que fosse sendo fabricada aos poucos pelo tempo.

A reação da moça a agostinho era dúbia. Por um lado, ela parecia idolatrá-lo, amando-o secretamente. Por outro lado, o rapaz parecia causar-lhe repulsa. Talvez fosse a semelhança dele com Rafael. Uma vez agostinho tocou no assunto:

— Tem visto aquele rapaz, Rafael?

Ana estremeceu, como se tivesse sido tocada por uma cobra. Seria possível que a simples menção do nome do outro provocasse essa reação?

A moça abaixou a cabeça, incapaz de falar, mas agostinho pegou em seu queixo e fez com que ela olhassem em seus olhos:

— Você tem visto Rafael?

Ana afastou-se dele e começou a chorar.

— Vocês... vocês são tão parecidos! — gritou ela.

Agostinho aproximou-se e abriu os braços, oferecendo conforto. Ela se aninhou ali, em seu peito, chorando. Era um risco se alguém os visse assim, mas o rapaz resolveu assumir o risco.

— Vocês são tão parecidos.... — repetiu ela, já mais controlada.

— Não, não somos! Na verdade, somos o oposto um do outro. Agora acalme-se. Está tudo bem.

O choro foi diminuindo, até tornar-se um soluço baixo. A menina, finalmente, levantou o rosto:

— Eu o amo, Agostinho! Estou apaixonada!

A frase abalou o rapaz... não só por seu conteúdo, mas também pelo duplo sentido. Quem exatamente ela amava? Rafael ou Agostinho?

Ou os dois?

Nisso Felipe entrou no recinto e os dois tiveram que se separar.

— Aconteceu alguma coisa aqui? — perguntou o frade.

— Nada. — respondeu a menina, enxugando as lágrimas. Já chegou a hora de eu ir embora.

Ela não veio no dia seguinte, nem no outro, ou no outro. Três dias depois um casal veio ver Felipe. Eram os pais de Ana.

Eles conversaram demoradamente. O frade sacudia a cabeça, como se não acreditasse no que estava ouvindo.

Finalmente, despediu-se do casal e aproximou-se do pupilo.

— Meu filho, precisamos rezar.

— Rezar, padre? Aconteceu algo à sua sobrinha?

— Ela foi raptada, meu filho. Raptada!

3

Jean-Pierre estava no tombadilho, costurando as velas, quando ouviu os gritos. Era uma voz jovem, provavelmente do clandestino, ecoando por todo o navio. Francisco estava jogando cartas com contramestre (como o contramestre poderia jogar cartas, estando cego?) e parou, olhando para baixo. O contramestre apenas sorriu. Um novo grito foi ouvido, agora mais longo e agudo.

Dessa vez, não só Jean-Pierre, mas também Pedro e Vidal se levantaram e começaram a andar na direção a escada. Francisco fez menção de se levantar, mas o contramestre o segurou:

— Não agora. Continue o jogo.

Várias outras pessoas estavam no corredor dos camarotes, na primeira coberta, em frente ao camarote da mulher de branco. Estavam só lá, paradas, como se esperassem pelo marujo francês. Quando ele chegou, abriram caminho para ele.

Jean-Pierre empurrou a porta, deixando que a luz que vinha do gradil penetrasse no recinto. Viu Gutierrez a um canto, um prato caído aos seus pés, tremendo. Seus olhos foram para o chão, para os bolinhos caídos, que rolaram pelo assoalho de madeira e insistiram neles, como se temessem elevar-se e descobrir a terrível verdade. Era como se os bolinhos caídos no chão fossem apenas uma premonição de algo que seu coração não podia aceitar. A muito custo, ele elevou os olhos e percebeu helena deitada na cama, o tronco encostado no travesseiro. Havia uma grande mancha vermelha na área das pernas.

— Está... está morta! — exclamou ele, mas então percebeu que se enganava.

Helena respirava. Era quase imperceptível, mas respirava. Apesar dos olhos mortos, ela ainda estava viva. O marinheiro correu para abraçá-la e ficou grato aos céus ao perceber que seu corpo ainda estava quente. Mas e o sangue? De onde viera todo aquele sangue?

— Ela foi violentada! — disse Pedro, lá atrás.

4 - Agostinho

Naquela noite, Agostinho não conseguiu dormir. Como poderia, sabendo que Ana fora raptada? O fradre dissera que não se sabia quem a seqüestrara, mas Agostinho desconfiava. Rafael. Devia ser ele.

Em todo caso, por mais que isso fosse verdade, como ajudar? O que sabia ele a respeito de Rafael? Nada, além de seu nome. Não saberia nem mesmo onde procurar.

No entanto, esses argumentos não o ajudavam a dormir. Lá no fundo, é como se uma voz lhe dissesse que devia seguir seus instintos.

Por mais que fosse loucura, ele se levantou e andou até a porta do claustro. Lá fora imperava um silêncio absoluto. Sabia o que poderia lhe acontecer se fosse flagrado, ainda assim, avançou pelo corredor. Por mais que tentasse, não conseguia impedir que as sandálias fizessem um som arrastado pelo chão de pedra, de modo que precisou tirá-las. Era um corredor longo, com claustros dos dois lados, mas, por maior que fosse, não poderia ser tão longo. Por mais que andasse, Agostinho nunca chega ao fim. As pernas também o traiam, teimando em ficarem paradas.

Se alguma daquelas portas se abrisse, o pobre moço provavelmente despencaria no solo, como que fuzilado. A escuridão quase total tornava a caminhada ainda mais difícil. A parca luz vinha da lua, que penetrava por pequenas janelas. De repente, um som constante e indefinido surgiu na escuridão. Parecia alguém arrastando rapidamente uma sandália. Seria um dos monges, que acordara? Agostinho congelou. Pensou em se esconder, mas não havia onde. Ficou apenas lá, parado, percebendo o som cada vez mais alto aproximar-se. Ele aguçou os olhos, tentando a todo custo divisar algo na escuridão, mas parecia impossível. Não havia nada lá. Só o som, vindo de baixo, como pés sem corpo. Quando o som se tornou perto demais, Agostinho deu um pequeno pulo para trás, a tempo de desviar de um rato. Um rato, essa era a fonte do ruído. A imaginação fizera o resto. O rapaz balançou a cabeça, zombando de seu próprio medo. Esse episódio, que inicialmente o aterrorizara, deu-lhe coragem para continuar.

Com cuidado, ele terminou de percorrer o corredor e chegou ao pátio. Só então ele percebeu uma nova dificuldade: o portão da frente era fechado por uma tranca grande de madeira. Se saísse, não teria como fechá-lo por fora. Ficaria o resto da noite aberto e provavelmente ele seria descoberto. Não haveria nem como pensar nas conseqüências e ele não se demorou pensando nelas: abriu a tranca e saiu. E agora? Para onde iria?

CAPÍTULO 11

No qual Agostinho salva Ana, mas o diabo parece ter entrado irremediavelmente no navio.

1

Jean-Pierre abraçava Helena e chorava. De repente, irrompeu um murmúrio. O aglomerado de pessoas foi se abrindo para uma figura sombria como a morte. Era Milton.

— Eu avisei! Eu avisei! O demônio está entre nós! Essa é a obra do demônio! — gritava ele.

Já no meio do quarto, ele olhou à volta, os ombros encurvados, como um abutre à procura de carniça.

— Eu olho para esse navio e tudo o que vejo é o pecado. O pecado só leva à perdição!

Ele andou lentamente pelo cômodo estreito e parou diante de Agostinho:

— Até mesmo aqueles que deveriam estar cuidado do rebanho, para que ele não se desvie do bom caminho, até esses se tornaram pecadores!

E o salário do pecado é a morte! Não se enganem! Não se enganem! Nem os impuros, nem os idólatras, nem os adúlteros, nem os afeminados, nem os devassos hão de entrar no reino de Deus! Para eles, a justiça do senhor reservou o fogo do inferno!

Embora fosse pequeno e encurvado, Milton parecia enorme, levantando os braços e agitando-os ameaçadoramente, como um urubu de asas abertas:

— Pecadores! Pecadores! Arrependei-vos! É do interior do coração do homem que procedem os maus pensamentos, as prostituições, os furtos, os homicídios, os adultérios, a cobiça, as maldades, o dolo, a libertinagem, a inveja, a blasfêmia, a soberba, a insensatez... a libertinagem é o que impera nesse navio!

O pequeno Gutierrez se ajoelhou, aterrorizado, e começou a rezar. O cozinheiro tocou-o de leve, no ombro, consolando-o:

— Ímpios e pecadores é o que são! E é o pecado que os deixa cegos! Não conseguem ver? Não podem perceber que este navio é o inferno?

— Se morremos e fomos para o inferno, então você também está no inferno! — gritou Jean-Pierre.

Milton fuzilou-o com o olhar:

— Não me confunda consigo! Não diga blasfêmias! O apocalipse, no capítulo 13, versículo 5, alerta: "Foi-lhe dada uma boca que proferia arrogâncias e blasfêmias; e deu-se-lhe autoridade para atuar por quarenta e dois meses. E abriu a boca em blasfêmias contra Deus, para blasfemar do seu nome e do seu tabernáculo e dos que habitam no céu". Não ouçam as palavras dos blasfemadores, pois eles chafurdam no pecado como porcos na lama e nas próprias fezes! Eu vos digo: o que aconteceu aqui é só um anúncio do mal maior que virá! Arrependei-vos, pecadores! Arrependei-vos!

A audiência ficou em silêncio. Muitos rezavam. Só Jean-Pierre e Samuel ousavam enfrentar o olhar do religioso. Esse, satisfeito com a repercussão de suas palavras, saiu lentamente do camarote e sumiu no corredor.

2 - Agostinho

Agostinho pareceu despertar de um sonho. É como se seus pés houvessem ganhado vida e decidido que caminho seguir. Ele não sabia para onde estava indo, mas de uma coisa tinha certeza: nunca percorrera aquele caminho antes. As construções eram completamente desconhecidas para ele.

Só percebeu para que lado ia quando seus pés estavam se mexendo.

À medida em que andava, a cidade parecia se modificar. A solidão e o silêncio absoluto iam sendo substituídos por vozes distantes, estalar de copos e música. Vez ou outra, alguém passava por ele. Alguns pareciam assaltantes, prontos a dar o bote. Outros eram simples bêbados, agitando garrafas no ar e dizendo frases sem sentido. Parecia que, quando o manto da noite caia, os cidadãos normais se escondiam em suas casas e a cidade era ocupada por atrações de um circo de horrores.

Agostinho viu um casal de anões passar por ele. Estavam os dois completamente bêbados. A mulher usava um vestido longo, esfiapado. O homem usava o que parecia ser uma roupa de marinheiro. Os dois passaram por ele, mas pararam pouco depois e ficaram olhando. O homem cumprimentou-o:

— Rafael! O que faz com essas roupas?

— Eu... não sou Rafael! — gaguejou Agostinho.

O anão olhou-o, no fundo dos olhos, como se falasse com eles. O que ele dizia? O que diziam seus olhos? Agostinho entendeu, mas se esforçou por ignorar. Não, não podia ser isso! Ele se virou e saiu correndo, enquanto o anão ria lá atrás:

— Belo vilão! Vai comer a rapariga! Há! Há! Há! Coma lá, que eu como cá a minha pequena!

O hábito dificultava a corrida. Era uma roupa feita para tolher os movimentos, mesmo assim Agostinho correu o mais que pôde, mas ao invés de se livrar do pesadelo, acabou penetrando ainda mais nele. Parecia-lhe que a fisionomia distorcida do anão se refletia em todos os rostos que encontrava. E todos o olhavam da mesma maneira, como se o conhecessem. Agostinho virava o rosto, escapando dos olhares, porém eram muitos os que passavam por ele e o cumprimentavam com um palavrão. Que gente era aquela que se cumprimentava com palavrões?

Finalmente, o pupilo achou uma porta aberta e entrou por ela.

Era um antro, em que homens e mulheres bebiam e se agarravam sem o menor constrangimento. Um homem derramou uma caneca de vinho sobre os seios de uma mulher e lambeu, entre risadas.

Em um canto, uma dama conversava com um senhor e acariciava sua calça, na região pudica, de maneira pouco discreta.

Um homem desmaiou sobre uma mesa, totalmente embriagado. Outros correram até ele. Agostinho pensou que fossem ajudá-lo, mas, como aves de rapina, eles mexeram em seus bolsos, retirando tudo de valor que pudessem encontrar.

Sobre uma espécie de palco, músicos tocavam uma música estranha. Parecia que cada um deles a conhecia de uma maneira, de modo que a tocavam cada um a seu modo, com seu ritmo ou melodia. O resultado era incompreensível, mas ninguém parecia se importar.

Parecia que o fogo do inferno exalava dos cantos, revelando em cada um seu lado mais negro. Pessoas riam, mas não era um riso de felicidade. Parecia o riso desesperado do condenado andando na direção da forca.

De repente, agostinho sentiu-se abraçado. Lábios carnudos e molhados colaram-se aos seus.

3

Os homens estavam no convés, conversando. O cozinheiro Manuel passava a faca por um pedaço de madeira, tirando pequenas lascas, inconformado:

— Quem barbaridade! Quem iria fazer isso com a mocinha? Era moça! Coitadinha!

— Vá saber, meu bom Manuel! Vá saber! Nesse mundo eu já vi de tudo! Pode ser qualquer um... — disse Vital.

Pedro pigarreou:

— Não quis dizer nada na hora, mas para mim foi o padre. Muito estranho, esse padre!

— Mas um sacerdote, Pedro? Você acha que um sacerdote ia ter coragem de fazer isso?

— Como não tem coragem? Foi um padre que matou minha mãe!

Vital enrugou a testa:

— Um padre matou sua mãe? Olha minha memória não é lá essas coisas, mas posso jurar que você me disse que cuidou de sua mãe doente...

— Eu disse isso?

— Disse. Disse com essas mesmas palavras. Disse que a mãe morreu doente, de enfermidade prologanda. Disse que tratou dela até o último dia.

O marinheiro e o cozinheiro olharam para Pedro. Ele parecia constrangido:

— Você deve ter entendido mal. Eu não disse que ela morreu de doença. Morreu de morte matada. Não foi de doença. Um padre deu uma facada nela. Mas ela não morreu logo. Demorou a morrer. Eu cuidei dela nesse meio tempo.

— Olha, Pedro, desculpe a minha desconfiança, mas que razão esse padre tinha para esfaquear a sua mãe?

— E eu vou saber? Ela foi se confessar... o padre deu uma facada nela, na barriga. Foi isso que aconteceu, coitada.

Vital esboçou um sorriso:

— Vai ver o padre era apaixonado por ela!

— Vai ver... — sorriu Pedro.

Manuel balançou a cabeça:

— Não acredito, vocês dois falando assim... E você, Pedro, falando da morte da mãe com um sorriso no rosto. É o fim do mundo mesmo!

— Eu não estou sorrindo não. É esse Vital, que só sabe brincar!

— Tá certo! Vamos mudar de assunto. — cortou Vital. Manuel, quando é que sai o almoço? Já está dando fome. Pedro, vamos continuar a remendar o velame...

O cozinheiro levantou-se. O pedaço de madeira havia se transformado em um palito em sua mão.

— Acho bom mesmo. Vão trabalhar. Eu vou fazer comida!

4 - Agostinho

Uma mulher com cabelos vermelhos e sardas no rosto beijava agostinho como se os lábios dos dois fossem inimigos empenhados num duelo. Os seios fartos ameçavam escapar do decote indiscreto. O vestido usado por ela deveria ter sido bonito um dia, mas agora já não tinha mais nada dos dias de glória: fiapos escapavam aqui e ali e a sujeira se espalhava pelo tecido. Era bonita, mas de uma beleza vulgar e sensual. Não se comparava com a beleza virginal e casta de Ana.

Agostinho afastou-a, enojado, fazendo com que ela o olhasse, desconfiada:

— Rafael? Meu homem!

E voltou a atracar-se a ele. Agostinho repudiou-a mais uma vez.

— É a menina, não é? Por isso não me quer mais! É a menina!

Agostinho pareceu constrangido. Olhou para baixo, envergonhado.

— É a menina! — gritou a mulher de cabelos de fogo. Carne nova e se esquece de mim! Ouviram?

Algumas pessoas viraram a cabeça para ver quem gritava, mas a maioria nem mesmo deu-se ao trabalho. Estavam ocupados demais com seus próprios vícios.

— Podemos pegá-la juntos, o que acha? — gemeu a mulher, piscando um olho. É bonitinha. Eu ficaria feliz com isso!

Agostinho estremeceu. Um dos seios da mulher escapou do decote revelando mamilos rosados e duros.

— Que tal? Nós dois juntos podemos fodê-la! E então?

A mulher exalava o hálito do vinho e do sexo. Atrás deles, alguém gritou um palavrão.

— Onde está? Onde está ela? Onde está Ana?

A mulher com cabelos de fogo olhou-o, intrigada.

— Não se lembra? Há dias que vem aqui e se tranca no quarto com ela.

— Me leve até a moça.

A mulher pareceu intrigada, como se desconfiasse que alguma coisa não estava correta.

— Vamos lá embaixo.

Ela puxou-o pela mão. Atravessaram o salão, desviando-se dos bêbados e dos casais aos beijos. A mulher falou algo com um rapaz no balcão e ele lhes deu passagem. Foram até uma cozinha suja, onde ratos disputavam lugar com baratas. Agostinho pensou que fossem sair por uma porta dos fundos, mas não foi isso que aconteceu. A mulher parou no meio da cozinha e bateu o pé algumas vezes, fazendo com que a poeira e a serragem se elevassem no ar, revelando um alçapão. Abaixando-se, ela introduziu os dedos numa fenda e puxou. Revelou-se uma escada.

— Vamos! — disse a mulher, pegando uma lamparina.

Os dois desceram os degraus. A lamparina ia iluminando o porão aos poucos, como a luz do sol que aos poucos vai revelando os estragos da noite.

Andaram em silêncio. Agostinho pisou em alguma coisa e o som gosmento lhe fez lembrar uma barata sendo esmagada.

Pararam diante de uma porta.

— Vá lá, delicie-se com sua ninfeta. Se quiser, pode me chamar.

O rapaz levantou uma tranca e entrou. A luz da lamparina abriu-se em leque à medida em que a porta escancarava-se. Sobre uma cama, uma mulher pareceu despertar. Era Ana! Agostinho pensou que ela pularia em seus braços, feliz por ter sido libertada, mas não foi isso que aconteceu. Ao vê-lo, a moça encolheu-se e gritou.

— Me deixa em paz!

A mulher de cabelos de fogo riu:

— Eu lhe disse que deveria ir com calma e não fazer certas coisas. Essas ninfetas não estão acostumadas com as coisas que você gosta, meu amor...

Um novo beijo, molhado e lascivo.

— Vá, entre, mas um conselho: vá com calma...

Agostinho pegou a lamparina e entrou, fechando a porta atrás de si.

Ana tampou o rosto com as mãos, num gesto ao mesmo tempo de defesa e de vergonha.

— Fique longe de mim! Por favor, fique longe de mim!

— Ana! Sou eu, Agostinho!

A menina pareceu indecisa:

— Agostinho!

O rapaz colocou a lamparina sobre uma pequena mesa e foi até a cama. A chama voluteava desesperadamente, formando monstros disformes na parede.

— Ana, sou eu. Vim ajudar você!

Ele levou a mão até ela, tocando seu ombro, mas a moça afastou-se, tremendo.

— Ana, não é Rafael! Sou eu, Agostinho! Vou tirá-la daqui!

Ela foi aos poucos afastando as mãos do rosto, apenas o suficiente para olhar para o rapaz à sua frente.

— Agostinho? — perguntou ela, descrente.

— Vamos, levante-se! Vou levar você daqui.

Ana então abraçou-se a ele, chorando.

— Oh meu Deus! Que vergonha! Que vergonha!

— Acabou! Tudo acabou! Vou levar você comigo... vamos, levante.

A moça colocou os pés descalços no chão e levantou-se com a ajuda de Agostinho. Ela tremia e chorava.

— Vamos, vamos sair daqui!

Agostinho pegou a lamparina e, com os pés, abriu a porta.

A mulher dos cabelos de fogo estranhou:

— Aonde vai com a garota?

— Vou levá-la de volta à sua família.

— Rafael, eu não entendo. Depois de todo o trabalho que teve para seqüestrá-la!

Agostinho espantou-se com sua própria reação. De repente, seu semblante se tornou duro, como se não aceitasse ser contrariado:

— Ela vai morrer se continuar aqui. Não me serviria de nada morta!

— Está bem, está bem... eu o ajudo.

Os três subiram as escadas. Ana, debilitada pelos dias que se recusara a comer, mal conseguia andar. Ao passarem pelo salão, pela primeira vez as pessoas pareceram se importar. Elas abriam espaço, como se a moça emanasse uma luz e beatitude contagiante.

— Está bem. Daqui em diante eu a levo. — disse Agostinho, ao chegarem à porta.

— Você manda, meu homem!

E mais uma vez o beijo molhado e sexual. Dessa vez agostinho não a repeliu. Talvez por achar que isso ajudaria na fuga, ele retribuiu o beijo.

O noviço e moça avançaram pela noite escura rumo aos locais em que a virtude imperava.

CAPÍTULO 12

No qual Manuel se lembra de uma grande traição e Agostinho descobre a verdade sobre o outro.

1

Agostinho ficou um longo tempo parado, tentando se decidir se batia ou não na porta. Por fim, decidiu-se. Fez um nó com os dedos e bateu várias vezes.

— Entre, está aberta! — disse uma voz lá dentro.

O jovem padre empurrou a madeira, que rangeu levemente, revelando um camarote dominado por uma cama desarrumada. Sobre a cama, uma mulher, a viúva Luisa, em trajes de baixo.

— Vamos, entre. Vai ficar aí parado?

Ele entrou, primeiro um pé, depois o outro, sempre olhando para baixo, envergonhado. Quando já estava do lado de dentro, fechou a porta atrás de si.

— Então? — disse a mulher, com impaciência.

— Eu... eu vim falar sobre uma coisa...

— Certo. Continue.

— Senhora, não pude me furtar a perceber que uma certa pessoa freqüenta seu camarote. O estranho é que essa pessoa não poderia estar aqui, não neste navio. É impossível!

Após essa última frase, Agostinho arriscou-se a levantar o olhar, a tempo de ver a viúva franzindo o cenho, intrigada.

— De quem exatamente você está falando?

— Senhora... logo que entrei no seminário conheci uma pessoa, um menino, chamado Rafael. Por alguma razão, nossos destinos parecem estar tragicamente interligados, pois o tenho encontrado nas mais diversas situações. É um homem dominado pela luxúria e pela maldade. Esse homem não poderia estar neste navio, pois ele não embarcou. No entanto... no entanto eu o vi em contato com a senhora. Talvez, ouso dizer, em contato íntimo.

Luisa levantou-se da cama, andou até Agostinho e desferiu um violento tapa em seu rosto.

2 - Manuel

Manuel passou a visitar sua musa todos os dias. Ela não declinava dessa honra, mas exigia sempre que ele trouxesse consigo uns pães ou outros regalos. Namoravam na praça perto da casa onde ela morava. Namorar é jeito de falar, pois só ficavam lado a lado, ela devorando os petiscos e ele devorando-a com os olhos.

Manuel inebriava-se! A pele dela era leve como fios de ovos. Seus lábios eram gostosos como arroz doce...

Mesmo assim, Manuel sentia-se constrangido. A comida para ele era algo tão importante que ver sua amada ali, comendo na frente de todos, tinha algo de imoral. Depois de muito relutar, ele teve finalmente coragem de falar sobre o assunto:

— Minha flor?

— O que foi, meu pudim?

— Minha flor, essa situação...

— Que situação? — perguntou ela, metendo um doce inteiro na boca.

— Minha filha, isso de ficarmos namorando na praça não está certo...

— Deixe que falem! Pra que existe o povo? Não é pra falar? Pois que falem...

— Mas, minha filha, isso não pega bem para uma jovem honrada como tu...

Maria olhou-o, desconfiada, depois deu-lhe um safanão:

— Ah, seu safado! Quer por certo que eu vá contigo namorar lá na padaria... então pensa que é fácil assim pegar na minha massa?

— Não, nem penso nisso!

— Pegar na minha massa, como pega no seu pão!

— Não, por favor, minha donzela! Não me julgues mal. Só o que quero é oficializar isso. Seu patrão e sua patroa nem sabe que estamos cá a ter nosso namorico...

— Ah, eu não sabia que estávamos namorando...

— Por favor, minha filha, minhas intenções são as melhores possíveis! Quero casar e ter filhos!

A donzela devorou mais dois pães e, enquanto o fazia, respondeu, com a boca aberta:

— Só faltava essa! Diga, sabe fazer areias de cascais?

— Sei sim, minha donzela.

— Pois da próxima vez me traga areias de cascais e eu te levo na casa de meus patrões.

E assim foi. Na próxima vez em que se encontraram, Manuel pegou sua dama pelo braço e foi pedi-la em casamento, enquanto ela devorava o doce com uma fome de quem não vê comida há meses.

Os patrões acharam tudo aquilo muito estranho, mas concordaram com o namoro, desde que isso não atrapalhasse o serviço da casa e desde que não fizessem saliências antes do casamento.

— Juízo, hein, senhor padeiro! — recomendou a senhora.

— Deixe por minha conta. Meu sonho é casar e ter muitos filhos com minha amada.

Não era uma figura de linguagem. De fato, ele sonhava com isso todas as noites. Era doido por crianças e imaginava a casa cheia de filhos, que ele mimaria com os mais deliciosos doces e pães.

No entanto, todo esse sonho, toda essa fantasia romântica acabou na forma da mais terrível traição.

3

Agostinho recuou, levando a mão ao rosto. Olhava para Luisa como se não entendesse o que está acontecendo. Esta aproximou-se e olhou-o nos olhos:

— Será possível que até hoje você não tenha entendido?
— Entender, o que há para entender?
— Não existe Rafael!
— A senhora está me dizendo...
— Pare de me tratar por senhora! Você é tão burro que não conseguiu perceber o óbvio?

Agostinho sacudiu a cabeça, em negativa:
— Não, eu não sei do que está falando. Se Rafael não existe como eu posso vê-lo? Está me dizendo que ele é um fantasma?
— Sim, um fantasma.

Luisa cutucou a testa de Agostinho com o dedo indicador.
— Um fantasma que está aqui dentro!
— O que está querendo me dizer?
— Não estou querendo dizer nada. Só estou falando a verdade, aquilo que você deveria ter percebido. Rafael não existe. É uma apenas uma invenção de sua cabeça! Você é tão estranho... num momento parece um garotinho andando sob a barra da saia da mãe. No outro é um touro devasso e decidido...

Agostinho fechou os olhos e levou as mãos aos ouvidos.
— Não quero ouvir!
— Mas vai! Num momento é um santo, no outro é o rei dos pecadores. Num momento é Agostinho, no outro é Rafael!

Agostinho levantou-se e abriu a porta:
— Não, não pode ser!

A viúva riu, enquanto o outro saía:
— Sim, essa é a única verdade, quer você goste ou não!

4 — Manuel

Manuel continuou visitando a amada sempre que podia, ou sempre que os patrões deixavam. Mas as coisas não iam a mil maravilhas. Por alguma razão, Maria parecia estar perdendo o apetite. Já não comia mais com tanta voracidade os doces que ele lhe trazia. O pobre padeiro se desdobrava, procurando novas receitas, experimentando novos sabores, na tentativa de reconquistar o paladar perdido da, agora, noiva. Mas ele parecia estar botando fogo em madeira molhada. Nada era capaz de reascender o desejo de Maria.

Por fim, depois de noites sem sono, Manuel resolveu fazer algo que lhe doía na consciência. Resolveu vigiá-la. Nesse dia, fechou a padaria e postou-se num lugar escondido, atrás de uma árvore, mas que lhe permitia visualizar a casa onde morava a amada. Próximo do meio-dia, ela saiu, olhando para os lados. Manuel imaginou ver em seu rosto um pouco de medo, ou de insegurança, como alguém que sabe que está fazendo algo errado. Ou seria só fruto de sua imaginação? Será que ela simplesmente não estava saindo para fazer alguma compra para a patroa? Manuel reprovou-se por seus pensamentos, mas mesmo assim, decidiu segui-la.

Maria se esgueirou pelas ruas, a passos firmes. Felizmente, não olhava para trás, ou acabaria percebendo que o amado a seguia. Manuel escondia-se atrás de marquises, árvores, bancos, mas não era nenhum espião e qualquer um seria capaz de perceber que estava atrás de alguém.

O padeiro gelou ao perceber para onde ela ia. Uma taverna. Ainda podia ser que ela estivesse indo comprar algo para a patroa, mas numa taverna? Que tipo de coisa ela compraria ali? Bebida?

E agora? Entrava ou não entrava? Sabia que poderia ser tudo imaginação, sabia que talvez estivesse enganado a respeito de sua amada, e que poderia perdê-la se ela o visse ali, mas se não entrasse, essa dúvida ficaria eterna em sua mente. Finalmente, resolveu entrar e levou um choque com o que viu.

O local estava vazio, exceto por duas pessoas. Maria estava sentada em uma cadeira, em uma mesa no centro do salão. Ao lado dela, um homem em pé, de bigodes, com uma bandeja vazia na mão e um olhar de satisfação. Ela não olhava para ele, pois estava mergulhada num prato de comida, que comia com grande prazer e satisfação!

Se tivessem enfiado uma faca no coração de Manuel, não teria doido tanto. Ver a mulher amada saboreando aquele prato de comida era mais do que uma traição... era...não tinha palavras para exprimir o que sentia por dentro. Todos os seus sonhos, todos os seus castelos, caíram por terra. Nunca mais casa cheia de filhos. Nunca mais os corredores cheios de pirralhos gordinhos saboreando os petiscos feitos pelo pai zeloso. Nunca mais.

Depois disso, é como se nada valesse a pena. Ele já não via graça em nada, nada mais fazia sentido. Já não sentia prazer nem mesmo em inventar novos pães, novos biscoitos, novos doces... tudo aquilo, que antes era a razão de sua vida, agora só lhe dava infelicidade e tristeza. Por fim, desfez-se de tudo — vendeu a casa, a padaria, os equipamentos, tudo, e saiu pelo mundo. Foi parar no porto, começou a beber, e uma idéia maluca fincou em sua mente: ia ser marinheiro. Talvez a imensidão do mar servisse para lavar as mágoas e limpar de seu coração toda a tristeza. Foi assim que ele embarcou no galeão.

Capítulo 13

No qual Helena volta a ver fantasmas, que lhe fazem uma terrível revelação, e um estranho náufrago é encontrado.

1 - Helena

Helena parecia curada. Os fantasmas tinham ido embora como uma nuvem que se desfaz na imensidão azul do céu. Ela já não era mais uma menina. Os seios haviam aflorado em seu peito como botões rosas, forçando-a a escondê-los em roupas pudicas. Nem mesmo essas roupas, no entanto, eram capazes de esconder as formas arredondadas que tomavam conta de seu corpo, apesar da silhueta esguia. Era branca, mas não pálida, e tinha dedos delicados, com os quais ajudava a mãe a tricotar. Ficavam na sala, ela, outras meninas, a mãe e outras mulheres mais velhas, tricotando em silêncio. Apenas as senhoras falavam. As moças cochichavam entre si sobre rapazes e soltavam pequenos risos contidos sob o olhar de censura das senhoras.

Helena corava ao ouvir algo picante, mas no fundo apreciava. Era tímida, mas viva, e exalava energia. Diziam que ela se casaria com um jovem rapaz de boa família, um bacharel em Direito. Helena o vira uma ou duas vezes, nas ocasiões em que ele visitara os pais dela. Parecia que seu destino já estava selado.

Foi numa das sessões coletivas de tricô que aconteceu o fato que mudaria tudo, que a transformaria de uma menina tímida, mas vigorosa, na mulher pálida e calada conhecida pelos sobreviventes do galeão.

As mulheres tricotavam calmamente, compenetradas. O silencio era ferido apenas pelo rec rec monótono de uma cadeira de balanço. Na cadeira, uma velhinha balançava e forçava a vista, na tentativa vã de ver o resultado de seu trabalho.

— Parece que vai chover. — comentou a velhinha. As minhas juntas doem quando o tempo fica úmido.

Ninguém respondeu. Apenas a cadeira rangeu, meio que em respeito à dor da velhinha.

— Sim, vai chover. — disse a mãe de Helena, depois de muito tempo. Mas não era uma resposta. Era mais como um ato instintivo e repetitivo, como uma continuação dos movimentos do tricô.

— Não será uma chuva, mas uma tempestade.

Helena levantou os olhos do trabalho, tentando identificar o autor da frase. Mas todas as mulheres tricotavam compenetradas. Ninguém dava mostras de ter falado o que quer que fosse. Na verdade, parecia mesmo que ninguém sequer havia ouvido o comentário. O silêncio dessa vez era assustador.

A moça sentiu-se incomodada, assaltada por um mau pressentimento, mas abaixou os olhos e voltou a concentrar-se no trabalho.

— Helena, pode nos ouvir?

Dessa vez, ela deu um pulo, assustada.

— Alguém... alguém me chamou? — gemeu ela.

As outras responderam com um silêncio espantado.

— Do que está falando, Helena? — indagou a mãe.

— Alguém... alguém me chamou?

A mãe olhou-a, severa:

— Minha filha, deixe de desculpas e volte ao trabalho. Está me envergonhando!

A moça voltou ao serviço, mas dessa vez o sossego tinha ido embora. Tensa, ela olhava à volta e se assustava com qualquer barulho. Para seu alívio, o silêncio voltou a imperar na sala, arranhado apenas pelo rangido da cadeira de balanço contra o chão de madeira.

Helena tentava se concentrar no trabalho, mas suas mãos tremiam. O silêncio era angustiante. Preferia que as mulheres estivessem conversando. Isso pelo menos desviaria seus pensamentos da direção perigosa que estavam tomando.

Então ela levantou os olhos e seu coração acelerou. Havia várias pessoas na sala, em pé, olhando para ela. Todas mortas.

2

O navio inteiro foi tomado por uma agitação nervosa. Todos murmuravam, tentando deduzir quem violentara Helena. As suspeitas divergiam, mas num ponto todos concordavam: quem fizera isso, fora a mesma pessoa que matara o fazendeiro.

No final da tarde, ouviu-se um grito vindo da proa. Era Francisco:

— Achei alguma coisa! — gritou ele, levantando-se.

As pessoas foram chegando aos poucos e se aglomerando no convés. Acotovelavam-se, tentando achar o melhor ângulo para ver do que se tratava. Não era um pedaço de madeira, ou algo parecido. Parecia antes uma pessoa, um náufrago. Mas usava uma roupa estranha... e parecia desproporcionalmente grande.

Milton abriu espaço, empurrando os outros, dobrou-se sobre a balaustrada e respirou fundo, abrindo e fechando as narinas, como um cachorro perdigueiro que fareja a caça:

— É o demônio! — sentenciou. O demônio finalmente chegou até nós.

Disse isso e voltou para a cabine, degustando o murmúrio que deixou atrás de si:

— É o demônio! — diziam alguns!

— Ou uma nova praga! Uma nova desgraça! Deus tenha piedade de nossas pobres almas! — diziam outros.

O cozinheiro discordou:

— Parece o velame de algum navio. Muita bobagem por nada!

— Não, é gente! Posso ver daqui! — anunciou Vital.

O cozinheiro fez cara feia:

— Pode nada! Você mal pode ver um palmo além do nariz!

— Pois saiba que tenho a melhor vista de toda a Ibéria! Foi o próprio rei que me disse!

— Só se for o rei dos quintos dos infernos!
A viúva foi obrigada a interferir:
— Parem vocês dois! A coisa já está bem perto... e parece humana!
Francisco arranjou uma corda e jogou na direção do suposto náufrago:
— Se estiver vivo, agarre aí!

3 - Helena

Helena estremeceu. Tinha vontade de gritar, sair correndo, mas sabia que não podia. Assim, abaixou os olhos e rezou para que os fantasmas fossem embora. Mas isso não aconteceu. Quando ela levantou o rosto, eles ainda estavam lá.

Havia uma mulher, na casa dos 50 anos. Era um pouco gorda e tinha vários cabelos grisalhos, mas ainda assim era uma mulher bonita. Ao lado dela, dois homens, um mais velho, o outro mais jovem.

No chão, um cachorro arrastava-se em cima de uma poça de sangue, ganindo baixo.

Num canto da sala uma moça com rosto angelical, de olhos pequeninos e castanhos. Trazia ao redor do pescoço um cordão com uma cruz de madeira, que ela segurava, nervosa.

— Helena, sei que pode nos ouvir. — disse a mulher, aproximando-se.
O que era aquilo na pele dela? Eram cortes?

A moça encolheu-se.

— Sei que está com medo, mas precisa nos ouvir. Mais de uma vida depende disso.

Helena fechou os olhos e começou a rezar, desesperada. Mas os fantasmas não desapareceram. No chão, o cachorro ganiu e gorgolejou, como se tivesse a garganta repleta de sangue.

— Precisamos que nos ouça, Helena. Você é nossa única chance!

A jovem tremia desesperadamente, mas abriu os olhos e deixou que falassem. E os fantasmas contaram o que ela precisava saber.

4

A corda foi jogada no mar, mas não houve nenhuma reação. O que quer que a tripulação do galeão tivesse visto, não estava vivo.
— Vamos usar um gancho! — sugeriu Francisco.

Vital apareceu com um gancho e amarrou-o à corda. Francisco jogou-o contra o corpo. Mas passou longe. Foram necessárias mais duas tentativas até que o gancho se prendesse à roupa do náufrago. Então puxaram. Surpreendentemente, não houve resistência, como se a carga fosse muito leve. Quando o corpo se aproximou do casco, alguém arranjou uma vara com um gancho, ajudando Francisco a içar o corpo.

A coisa caiu de peito para baixo no convés. A roupa que usava parecia ser feita de uma única peça.

— Não parece tecido. — comentou Pedro, pegando na roupa. Estica e, além disso, a água não penetra...

— Olhem os pés! — gritou Gutierrez.

Tinha pés enormes, com dedos finos e membranas entre eles, como um pé de pato.

— O padre disse que era coisa do demônio! — murmurou a multidão, enquanto Pedro e Vital viravam o corpo.

Levaram um susto ao perceber que a roupa com tecido estranho encobria quase todo o rosto, liberando apenas a boca e uma espécie de estrutura de vidro, como um óculo. Pelo vidro era possível ver algo terrível! A pessoa dentro da roupa estranha estava morta, a carne já apodrecida e os ossos aparecendo. A carne fétida podia ser vista por um rasgo na perna da roupa.

Pedro e Vital jogaram a coisa no mar, enquanto algumas pessoas gritavam lá atrás.

5 - Helena

Helena se virou várias vezes na cama, tapando os ouvidos com o travesseiro, mas não adiantava. Os fantasmas continuavam falando e ela continuava ouvindo.

— Você precisa saber, não só por agora, mas também pelo que virá depois. — dizia a mulher com cortes na pele.

Por fim, Helena se levantou e saiu. Encontrou com a mãe no corredor.

— Você está bem, minha filha? Nunca te vi deitar de dia...

Mas a moça não parou para responder. Simplesmente continuou andando. Foi até a porta da sala e a abriu.

Onde era mesmo que ficava a guarda? Teve que perguntar. Não demorou muito para descobrir. Um senhor idoso, que gostava de coçar ao ouvido, indicou-lhe o prédio com o dedo, ainda sujo de cera.

O mais difícil era tomar a decisão de entrar e fazer o que tinha de ser feito.

Como ela imaginara, não acreditaram nela. Como uma moça de família poderia saber aquelas coisas? Quem a salvou, foi um sargento que chegava no serviço. Trocaram um olhar cúmplice, como se ele a entendesse:

— Vamos lá ver o que esta menina está dizendo. Vai ver é verdade... — disse o sargento, pegando uma arma.

Os dois trocaram mais um olhar e Helena perguntou-se se mais pessoas poderiam ter a mesma habilidade que ela. Será que mais pessoas podiam ver e ouvir o que ela via e ouvia?

— Sei que está falando a verdade. E sei como descobriu isso. — segredou o sargento, num momento em que estavam longe dos outros. Confie em mim. Vamos salvá-la.

Finalmente chegaram ao que parecia uma casa abandonada. Era uma casa imensa, como muitas janelas e portas. Quando o guardas entraram, alguém saiu correndo.

— Pega! — gritou o sargento.

Os guardas correram para um lado, e Helena foi para o outro, meio que sonâmbula. O sargento acompanhou-a. Pararam em frente à porta de um quarto. O sargento experimentou a maçaneta. Estava trancada.

— O rapaz fugiu. — disse um dos guardas, chegando, ofegante.

— Certo. Depois vamos atrás dele. Agora me ajude a arrombar essa porta!

Dois homens forçaram os ombros contra a madeira, mas ela não cedeu. Era madeira boa, apesar de velha. Tiveram de usar um pedaço de madeira como aríete.

A porta se abriu com um estrondo e a luz penetrou no cômodo escuro.

— Tem alguém aí dentro! — anunciou um guarda.

— Claro que tem! — respondeu o Sargento, entrando. É quem nós viemos salvar.

Encolhida num canto, havia uma mulher, amarrada e nua. Os soldados a trouxeram para a luz. Havia um pano amarrado ao redor de sua boca, para impedir que ela gritasse. Havia vários hematomas em sua pele e um dos olhos estava roxo.

Enquanto os policiais cuidavam da mulher, Helena entrou no quarto. O que sentiu lá dentro a deixou transtornada, catatônica. Era como se todos os acontecimentos da última semana passassem diante de seus olhos, um pesadelo em turbilhão.

A mulher chegara ali por vontade própria, hipnotizada pela simpatia do rapaz. Achava que sabia o que aconteceria ali. Achava que iam transar. De fato, foi isso que pareceu, no início. Mas quando ele envolveu o pescoço dela, esganando-a enquanto a penetrava, a jovem tentou fugir. Foi então que seu captor revelou a verdadeira face. Ele parecia completamente fora de si e golpeou-a diversas vezes, no rosto, gritando com ela. Depois apareceu com uma corda, amarrando-a, nua.

"Oh, Deus!", pensou Helena. "Ele brincou com ela, como um gato brinca com o rato antes de matá-lo".

Naquela semana ele a possuiu de diversas maneiras, mas sempre dolorosamente. Parecia retirar prazer da dor de sua vítima.

Quando não estava sendo abusada, a moça ficava amarrada, sempre com trapos na boca, para que não gritasse. Os panos secavam a boca, deixando-a com uma sede lancinante.

Ele também usava a sede para humilhá-la e atormentá-la, derramando a água no chão e obrigando-a a lamber.

Helena ficou em choque. Foi levada pelos policiais até sua casa. O noivo a abandonou quando a viu naquele estado. À família, restou enviá-la ao Brasil, num casamento arranjado com um rico fazendeiro mestiço. Antes disso, ela ficara reclusa no quarto, recebendo a visita apenas da criada, que levava a comida, e de um padre, que tentava trazer um pouco de conforto espiritual.

Nesse tempo ela pensava não só no que vira no quarto, mas também no que a mulher fantasma lhe dissera. Ela se aproximou, pegou Helena pela mão e falou, olhando-a nos olhos:

— Lembre-se! Lembre-se disso para o futuro! O nome dele é Pedro! O homem que me fez isso chama-se Pedro. Ele vai fazer e fazer de novo. Só você pode salvar o garoto!

CAPÍTULO 14

No quais recordações falsas são desmascaradas; um cachorro morre; o mistério de um veneno é revelado; o fim trágico de um casal e finalmente se conta o que aconteceu a uma menina de olhar doce.

Estava tudo errado. As lembranças falsas-verdadeiras se misturavam e se sobrepunham. O cachorro agonizando, o sangue empapando sua garganta num gorgolejar de soluço. Os vidrinhos sendo trocados, remédio-veneno misturando-se como lembranças (verdadeiras ou falsas?). A pele macia de sua mãe, o contato de sua pele (nunca mais ela vai fazer isso!). O peso terrível do padrasto, sendo levado e arrastado pela floresta. A pequena e doce Sofia, seus olhos meigos de boneca em súplica, depois desespero e finalmente o orgasmo dele (bom, oh, como é bom!). a sensação indescritível, a vontade antecipada, a fantasia. O prazer sendo vivido e revivido em cada lembrança, cada toque suave da morte (bom, oh como é bom!).

Como começou? Como o desejo surgiu? Ah, sim! Com o cachorro! Quando foi a primeira vez que ele teve a idéia? Numa das vezes em que o pai visitara o Seu Afonso. O cachorro parecia velho, incapaz, parecia estar pedindo para ser morto. Pedro sonhou com isso, antecipou cada momento, antecipou cada golpe (bom, oh como é bom!). Talvez, se fosse um cachorro novo, forte, ele não teria coragem, mas aquele era um cachorro velho, já cheio de sarnas e com as pernas bambas. Pedro pensou, calculou e antecipou cada detalhe, até ter coragem de sair uma noite para fazer o que precisava ser feito para aplacar a vontade que explodia em seu peito.

    O cachorro, o maldito cachorro ainda tentou reagir, mas Pedro cortou a garganta e o sangue jorrou no chão de terra e as patas se agitaram num frenesi de morte, depois pararam. O animal ainda respirava e ofegava, mas era incapaz de reagir, uma vítima perfeita e indefesa. Oh, como foi bom! Como ele se divertiu! Com um simples cachorro! Com um maldito e velho e sarnento cachorro... se a sensação era assim, como seria com um ser humano? Como seria com uma pessoa que chora, grita e percebe o que vai acontecer? Como seria ver o medo espelhado em seus olhos? A vontade mais uma vez agitou-se em seu peito.

    A primeira oportunidade surgiu por acaso. O homem batendo na casa no meio da noite, a mala cheia de vidros, remédios, venenos, remédios, venenos. Não, nem de longe seria tão bom quanto matar uma pessoa com suas próprias mãos, mas talvez servisse, talvez fosse um começo promissor. Talvez (remédio-veneno-remédio-veneno) fosse um aprendizado, algo que valia a pena tentar. Além disso, o pai merecia. Nas noites de verão, em que o sono demorava a chegar, Pedro abria lentamente os olhos e via o homem fazendo aquelas coisas com sua mãe e sentia nojo. Sim, seria apropriado.

    (remédio-veneno-remédio-veneno)

    Com a morte do pai ele aprendeu que deveria fingir, que deveria afastar de si todas as suspeitas. Se chorasse, se parecesse revoltado, as pessoas nunca desconfiariam dele.

    (Bom, oh como é bom!)

    Pedro aprendeu que precisava de uma máscara, de algo que as pessoas olhassem e não temessem e nem imaginassem aquilo que ele pensava nas noites em que o sono não chegava.

    Depois, quem veio depois? As lembranças misturavam-se e embaralhavam-se (verdade-mentira-veneno-remédio). Quem veio depois? Oh, sim, o padrasto. E a mãe, a maldita mãe que o abandonara por causa de um homem. Ele os matou, os dois, enquanto dormiam. Fez como havia feito com o cachorro, passou a navalha pela garganta, no sentido horizontal. Fez isso primeiro com o padrasto, que era o mais forte. O homem se levantou, as mãos erguidas, tentando agredi-lo por uma última vez, mas depois levou as mãos ao pescoço e gorgolejou enquanto Pedro degolava a mãe. O rapaz gostou do olhar assustado que ele soltou. Ele sabia o que estava acontecendo, sabia o que lhe aconteceria, ao contrário do cachorro, do cachorro estúpido. Oh, isso era bom, isso era muito bom. A mãe que acordou e falou a língua de sangue e de engasgo. Apesar de todo o sangue que derramaram, ainda estavam vivos quando Pedro começou a trabalhar neles. Oh, sim, bom, muito bom, ainda estavam vivos, o pavor estampado em seus rostos.

O mais difícil foi esconder o corpo do padrasto, arrastá-lo pela floresta e enterrá-lo, mas valeu cada segundo, cada gota de suor. De certa forma, é como se esse esforço fizesse parte do prazer da coisa.

(bom-mau-remédio-veneno-verdade-mentira)

Então a menina, sim, a pequena Sofia, de olhos doces. Tão doce, tão ingênua, mas, no entanto, parecia sua mãe. Sim, de alguma forma ela lhe lembrava a mãe e despertava os mesmos tipos de sentimentos. Tão ingênua, tão bonita, tão idiota... ela acabara confessando para o padre que iria fugir. Pedro arrancou isso dela, enquanto apertava seu pescoço e chamava a morte para vir buscá-la. O padre, o enxerido do padre, fora atrás dela, para convencê-la a não fugir, mas não a achou. Felizmente. Pedro se divertiu muito com ela e adorou cada segundo. Era melhor com ela, pois era fraca e não podia reagir e, burra, achava que sairia viva. Pedro descobriu o prazer de fazê-la obedecer, de brincar com ela, como um gato que brinca com o rato antes de matá-lo. Era um novo prazer brincar com as esperanças da menina e ele achou que deveria repetir isso.

(maldita-bonita-verdade-mentira-remédio-veneno)

Na cidade, ele encontrou uma nova rapariga. Não era ingênua e doce como Sofia, mas ainda assim lembrava sua mãe. Nas memórias embaralhadas, era como se fosse ela, como se fosse novamente ela. Essa era safada e foi com ele sabendo o que aconteceria, ou achando que sabia. Nessa época, Pedro já estava mais confiante e brincou com ela muito tempo, até que os guardas aparecessem...

Depois o mestre calafeteiro (nas lembranças embaralhadas ele era como seu pai, como seu padrasto, uma mistura dos dois, uma síntese doentia) e o fazendeiro.

As lembranças, as lembranças, as lembranças, iam embora e voltavam e pareciam cada vez diferentes, com detalhes que sumiam ou apareciam, e se misturavam com as histórias, as mentiras que ele inventava para si mesmo.

(remédio-veneno-remédio-veneno-bom-mau-mentira-verdade)

Capítulo 15

No qual lembranças são descobertas; Gutierrez passa por grande perigo e Helena finalmente acorda.

Gutierrez havia descido à coberta a mando do cozinheiro e encontrou Pedro num canto. Ele tremia como se tivesse febre e gemia baixo. Segurava alguma coisa com a mão esquerda. O clandestino achou que estivesse doente e tocou-o de leve no ombro:

— O senhor... está bem?

Pedro sobressaltou-se, como um homem que é despertado repentinamente de um sonho ou de um transe. Da mão caiu um saco de pano e espalharam-se pelo chão vários objetos: um pedaço de tecido, um anel e um cordão com um crucifixo de madeira. O anel era de ouro, enfeitado por uma pedra preciosa. De onde um marinheiro pobre como Pedro tirara dinheiro para comprar um anel como aquele?

— Esse anel é seu?

— Sim, agora é. — disse Pedro, recompondo-se. Foi presente de um amigo. Um fazendeiro que viajava neste navio...

O garoto percebeu que algo estava errado e deu um passo para trás.

— Ouvi dizer que esse fazendeiro foi assassinado...

Pedro abriu um sorriso largo:

— Sim, foi assassinado. Como direi? Está morto, morto como o gato que quis saber demais. Dizem que a curiosidade matou o gato, não dizem? Não dizem?

O rapaz balançou a cabeça, concordando:

— Sim... sim señor...

— Aqui eu trago lembranças de vários amigos. Esse pedaço de pano era de um vestido de minha mãe. De minha falecida mãe. Ela foi morta.

— Me disseram que sua mãe morreu doente.

— Aquilo foi uma mentira. Uma pequena e inocente mentira. Ninguém se machucou por causa disso, não é mesmo? Esse crucifixo é de uma menina que conheci em Portugal. Chamava-se Sofia. Também está morta... escute, há algo que quero lhe mostrar...

— Señor, por favor, não precisa se incomodar... — pressentiu o garoto.

— Oh, mas eu faço questão! Você vai achar muito interessante. Muito interessante mesmo!

Gutierrez recuou alguns passos, mas foi interceptado por Pedro, que segurou-o pelo ombro:

— Vamos, não seja tímido! Tenho certeza de isso vai ser interessante...

2

Jean-Pierre passou o dia todo ao lado de Helena, velando-a. Por mais de uma vez, o pequeno Gutierrez fora até o camarote, levando comida, mas ele se recusara a comer. Foi só quando o próprio Manuel foi até lá, levando uma tigela de sopa e ameaçou-o com um porrete, que se resignou a comer, mas mesmo assim, o fez de má vontade.

Durante a noite, Helena foi saindo aos poucos do seu estado inerte e começou a falar palavras desconexas, como se delirasse em febre.

Muitas vezes as frases terminavam no meio ou sua voz se tornava tão baixa que era quase um sussurro e se tornava impossível adivinhar o que ela falava.

Jean-Pierre colocava a mão na testa da moça, verificando se estava com febre. Mas não parecia estar doente. Sua doença parecia estar na alma.

No início da manhã, ela começou a abrir os olhos. Abria e fechava, como alguém que desperta de um longo sono. Por fim, seus olhos se abriram totalmente e ela pegou no braço de Jean-Pierre, puxando-o para junto a si:

— Pedro é o assassino! Ele vai matar o garoto!

3

— Aonde estamos indo? — indagou Gutierrez.

Eles haviam avançando até um local em que a maioria dos marinheiros nunca tinha ido.

— Pouca gente conhece essa parte do navio. — explicou Pedro. É uma espécie de área secreta, onde se escondem coisas importantes. É possível que o tesouro do capitão esteja aqui. Quem poderiam saber?

— Señor, quero voltar!

— Mas agora que estamos chegando? Não seja medroso! Vamos!

O rapaz pensou em fugir, mas a mão de Pedro que não segurava a lanterna o prendia como um gancho, fazendo com que ele fosse na frente. Continuaram andando por uma espécie de labirinto, entre caixas e corredores.

— Foi uma sorte ter encontrado este lugar. É sempre bom ter um local onde guardar as coisas. Um homem precisa de privacidade, não é mesmo?

— Sim, señor.

— Muito bem. Continue andando. Seja corajoso, frangote. Já estamos chegando. Aqui, logo depois dessa caixa.

Pararam numa espécie de quadrado livre. Não parecia haver nada ali, além do chão do navio.

— Señor, não consigo ver nada.

— É só saber onde olhar! — sussurrou Pedro no ouvido de Gutierrez.

A luz da lanterna foi percorrendo as paredes de caixas de madeira até parar em um ponto alto. Havia um homem ali, pendurado no teto, de cabeça para baixo. Seu rosto estava todo cortado à faca, disforme. O corpo, nu, tinha vários cortes, deixando as vísceras à mostra.

— O mestre calafeteiro. — explicou Pedro. Se eu soubesse que iríamos precisar dele, teria matado outra pessoa...

4

Jean-Pierre espantou-se:

— Pedro, o assassino? Impossível! Pedro seria incapaz de matar uma mosca!

— As mentiras, Jean-Pierre! Ele tem mentido o tempo todo, desde que chegou aqui. Uma vida inteira de mentiras!

— Não pode ser! Você está enganada!

Helena encarou-o, séria:

— Enquanto você está aqui, perdendo tempo, ele está lá fora, matando o rapaz!

Jean-Pierre balançou a cabeça, indeciso. Confiava na moça, mas não podia acreditar que Pedro, seu grande amigo, pudesse ser o assassino. Na verdade, de todas as pessoas do navio, ele parecia ser o menos suspeito.

— Vamos! Não perca tempo! Ele está na segunda coberta, em um local em que vocês não costumam ir. Corra e salve o rapaz!

Por fim, o marinheiro levantou-se e saiu. Encontrou Samuel no caminho.

— Venha comigo, rápido!

— Aonde vamos? — perguntou o judeu.

— Talvez salvar uma vida.

5

O corpo estava ali, na frente deles, já meio putrefato. Um odor forte tomava conta do lugar. Gutierrez tremia, mas não ousava tentar fugir. Pedro pousara a lanterna no chão e tirara do cinto uma faca curta.

— Eu o matei durante a tempestade. — explicou ele, em tom professoral, sem emoção. Não foi muito difícil. Todos só estavam pensando em salvar a própria pele. Eu também deveria estar pensando nisso, mas a vontade era maior que tudo. Acho que você nunca sentiu o desejo que te queima por dentro... é uma deliciosa prisão, da qual você não quer escapar. Sim, foi muito fácil matá-lo. O difícil foi trazer o corpo até aqui sem que ninguém percebesse... mas eu precisava de um local sossegado para trabalhar em paz. Olhe, contemple minha obra. Não é lindo?

Pedro aproximou-se do rapaz e pegou em sua nuca, fazendo- olhar para o corpo em decomposição, depois cochichou em seu ouvido, tão próximo que era possível sentir seu hálito:

— Não é excitante? Aqui era um lugar sossegado, em que eu poderia trabalhar em paz, mas também era um lugar para onde eu poderia voltar... e me excitar com as lembranças, as doces recordações...

O garoto sentiu algo subir por sua garganta e inclinou-se para vomitar. Vomitou durante muito tempo, tudo que tinha no estômago, mas a ânsia continuou, agora transformada num engasgo seco.

Pedro observava-o com êxtase:

— Bravo! Acho que o medo da vítima é tão prazeroso quanto o prazer de matá-la. Já acabou? Agora vamos começar com você...

Gutierrez recuou e gritou.

— Isso! Grite! — gemeu Pedro, aproximando-se com a faca estendida. Ninguém vai ouvi-lo aqui.

— Não, por favor, señor! Eu não quero! Por favor!

— Hm... algumas vezes eu mato antes de começar a trabalhar, mas o frangote é fraquinho e aqui teremos bastante tempo. Vamos começar!

Pedro segurou o rosto do rapaz e apontou a faca.

— Sempre comece pelo rosto. É assim que faz um profissional, um artista!

O garoto fechou os olhos e sentiu a faca riscando a pele de cima a baixo, do olho direito até a boca. O sangue escorreu pela ferida aberta.

CAPÍTULO 16

No qual Helena faz uma nova revelação e Gutierrez vê a esperança vindo do mar.

A faca encostou de novo no rosto de Gutierrez, agora acima do olho esquerdo. A ponta penetrou na carne, mas parou. Houve um barulho alto, um tranco, seguido do que parecia um soco. Gutierrez abriu os olhos, mas o sangue embaçava sua visão. O sangue e a luz da lanterna distorciam as imagens. Tudo que era possível perceber é que Pedro lutava com alguém.

Só quando Samuel se aproximou com uma lanterna é que a cena ficou clara: Pedro e Jean-Pierre rolavam no chão.

— Samuel, ajude aqui! Pedro é o assassino!

— Não, o assassino é Jean-Pierre! — gritou o outro.

Isso colocou o judeu numa angustiante indecisão. A favor de quem deveria intervir? Foi a intervenção de Gutierrez que colocou fim à dúvida:

— Señor, Pedro estava tentando me matar!

Ao ver que estava em menor número, Pedro parou de se defender. Simplesmente deixou-se levar para o convés.

Por onde passavam, Jean-Pierre ia anunciando:

— Pedro é o assassino! Foi ele que matou o fazendeiro e estava tentando matar o clandestino!

Gutierrez vinha atrás, mostrando o corte da faca, que ainda sangrava. Quando o viu, o cozinheiro correu até ele:

— O que fizeram contigo, meu filho? Venha, vamos estancar esse sangue!

Reuniram-se na proa, discutindo e gritando. Pedro, no centro, amarrado com uma corda.

— Joguem ele ao mar! Aos tubarões! — gritou Manuel, enxugando o sangue do rosto de Gutierrez com um pano.

Francisco aproximou-se de Pedro e deu-lhe um tapa tão forte que o derrubou- no chão.

— Desgraçado! Ia me deixar pagar pelo seu crime!

Os outros murmuraram entre si: sim, era verdade, quase haviam jogado ao mar o homem errado...

— Ele não só matou o fazendeiro, como tentou matar Gutierrez. Também foi ele que violentou Helena! — gritou Jean-Pierre, escarrando no rosto do marinheiro.

Helena surgiu no convés e andou até o aglomerado de pessoas. Jean-Pierre apontou pra Pedro:

— Aqui está o homem que te violentou!

Helena fez cara de espanto:

— Eu disse que ele era um assassino, mas não disse que foi ele que me violentou!

Um murmúrio tomou conta da multidão:

— Ele não a violentou?
— Quem será o culpado?
— Que loucura é essa?

Helena levantou o dedo e apontou para Milton:

— Foi ele!

O inquisidor ficou fora de si:

— Isso é uma blasfêmia! Queimarão todos no fogo do inferno! — gritou ele brandindo os punhos cerrados.

A moça aproximou-se dele, sem intimidar-se com a pose violenta, e encarou-o:

— Foi você! É fácil sentir o desejo queimando-o por dentro. O demônio está dentro de você e é possível sentir seu cheiro, por mais que se esforce em disfarçá-lo!

Samuel empurrou o inquisidor, que acabou caindo ao lado Pedro.

— Então temos um demônio disfarçado de santo, hein? — gritou ele, chutando o religioso. Como é estar do outro lado, hein? Todos vocês são muito corajosos atrás de máquinas de tortura, tendo a vida de outros nas mãos, mas como se sente agora, hein? É bom estar do outro lado?

Um outro chute acertou o rosto do religioso próximo ao rosto, formando um hematoma.

Jean-Pierre pegou-o pelo pescoço e preparou um soco. Agostinho tentou impedir, segurando o braço do marinheiro, mas foi jogado pra longe.

— Não se meta, padre! Não se meta!

O soco acertou no mesmo lugar onde havia acertado o chute de Samuel, de modo que a pele inchou, escondendo o olho.

— Vamos jogá-los aos tubarões! — gritou o marinheiro.

— Não, vamos nos divertir com eles primeiro! — discordou Samuel.

Começou uma sessão de socos e pontapés, mas pararam no meio, alertados por um grito. Era Gutierrez, apontando para o horizonte:

— Señor, parece um navio!

O cozinheiro aproximou-se da balaustrada e fez uma viseira com as mãos.

— Sim, é um navio, meu filho, um navio. Estamos salvos! — sua voz era um gaguejo, como se estivesse misturada com choro. Eu não acredito! Estamos salvos!

O assassino e o estuprador foram esquecidos no chão do convés, ensangüentados e doloridos. Os outros andaram até a balaustrada e ficaram lá, observando a esperança que se aproximava deles na forma de um navio.

De repente, toda a angústia e tristeza dos últimos dias passou pela cabeça daquelas pessoas e se esvaiu como um desfile que passa e vai embora: o assassinato, a tempestade, o tesouro escondido, a comida desaparecendo, os tubarões, o medo, o terror... tudo vinha e passava e ia embora.

Estavam salvos... e agora estava tudo bem.

Capítulo 17

No qual é feita uma descoberta terrível sobre o outro navio.

1

O navio veio se aproximando aos poucos, embalado pelo balanço das ondas. Muitos gritavam, pedindo ajuda e temendo que ele passasse direto. Mas isso não aconteceu. Ele ia passar rente ao galeão.

Alguns dos sobreviventes começaram a estranhar a falta de sons vindos do navio. Francisco jogou uma corda e conseguiu içar a proa. Os outros o ajudaram, puxando a corda. As duas embarcações finalmente ficaram próximas o bastante para que se pudesse ver o convés. Não havia ninguém ali. Ao menos, ninguém vivo. Corpos de três marinheiros, já meio apodrecidos, pareciam se diluir sobre o chão de madeira.

— Um navio fantasma!

— A peste!

O contramestre riu:

— Hahahah! Encontraram um navio e ele está impregnado pela peste! Eu disse: só o que nos espera é a morte...

As duas embarcações ficaram lado a lado, os cascos batendo um contra o outro ao sabor da maré.

O cheiro se elevou no ar. Era carne podre e verme, e moscas. Um cheiro tão nauseabundo que se tornava concreto, real, como se fosse possível tocá-lo. O tombadilho estava repleto de mortos e deveria haver mais, lá embaixo.

Gutierrez começou a chorar e teria vomitado, se ainda houvesse algo em sua barriga. O padeiro amparou-o.

Até mesmo Pedro e Milton pareciam hipnotizados pelo espetáculo brutal da carne sendo consumida pela peste.

Samuel foi o primeiro a quebrar o silêncio:

— Vamos jogá-los no navio!

Milton afastou-se, horrorizado:

— Vocês não ousariam...

Pedro jogou-se aos pés de Samuel, chorando e implorando por sua vida.

A proposta pareceu despertar os outros do torpor. Sim, era uma boa saída. Algo apropriado para os crimes que haviam cometido.

— Vamos jogá-los no navio!

— Não! — gritou Pedro, e fugiu para o outro lado do tombadilho. Se quiserem me jogar, será na água. Eu não entro naquele navio!

Vendo que os homens avançavam para ele, o marinheiro saltou por cima da amurada. Seu corpo caiu na água e todos esperaram que flutuasse, mas isso não aconteceu. Permaneceu lá, como mais um mistério no fundo das águas sem fim.

— Deve ter morrido. — decretou Jean-Pierre. Agora, ao padre!

Milton ajoelhou-se e começou a rezar. Agostinho aproximou-se dele e pegou na sua mão.

— Você me perdoa, meu filho? Eu fui tentado pelo demônio...

— Deus irá perdoá-lo, padre.

Os homens avançaram para os dois.

— Para o navio com ele!

— Sejam cristãos. — pediu Agostinho.

— Estamos sendo... — respondeu Samuel.

— Ele irá morrer no navio... — retrucou Agostinho.

— Terá uma chance. Será mais do que a maioria de nós teve. — assegurou Jean-Pierre.

Pegaram nas pernas e braços e o levantaram. O velho homem se agarrava à madeira da balaustrada, à roupas dos seus captores, mas esses eram mais fortes. Quando deu por sim, estava de novo sem solo firme. No outro navio, no meio dos corpos.

O galeão foi se afastando aos poucos. No final, ficaram apenas ele e a morte.

2

Agostinho desceu à coberta. Sentia-se estranho, dividido. Tudo que acontecera nas últimas horas o deixara confuso. A viúva o esperava no corredor, em frente ao seu camarote. Chamou-o com o dedo.

Ele andou até ela, mas não sabia se os passos eram dele ou de Rafael. Essa ideia importunava-o insistentemente. Quando deu por si, estava dentro do quarto de Luiza, beijando-a.

— Então, quem estou beijando? Agostinho ou Rafael?

O rapaz pareceu inseguro:

— Os dois, acho.

— Melhor assim.

3

Jean-Pierre pegou nas mãos de Helena. Ela ainda parecia abalada, mas nem de longe era a moça apática, de olhar perdido, dos primeiros dias. Desceram juntos à coberta e entraram no camarote. O rapaz sentou-se, respeitoso, na cadeira, mas a moça insistiu que ele deitasse com ela.

— Não, eu não posso...

Helena encarou-o:

— Eu sei o seu segredo. Sei o que você está tentando esconder de todas as pessoas durante todo esse tempo.

Jean-Pierre abaixou os olhos, fugindo dos dela.

— Eu sei de tudo... mas não me importo. Agora venha.

Os dois passaram a noite juntos.

Capítulo 18

No qual descobrimos o significado de um auto de fé.

1

Samuel lembrava-se bem de sua vida em Portugal. Seu pai, Antonio era um comerciante importante e emprestava dinheiro até mesmo para o rei. Samuel tinha orgulho de ser judeu e era com impaciência que ouvia os conselhos do pai:

— Esqueça isso. Lembra-se do Pogrom da Espanha? Mataram todos que se recusaram a se tornar cristãos. E teriam nos matado aqui também se não tivéssemos seguido o exemplo de muitos amigos...

— Pai, podemos ir para a Holanda. Lá os judeus têm liberdade de culto e podem viver sem que a espada fique pendendo sobre seus pescoços.

O patriarca sacudia a cabeça:

— Não, temos que ficar aqui, entre os nossos amigos. Se fugirmos, podemos perder tudo que temos... e lembre-se: a inquisição proíbe a fuga de judeus. Nada de mal nos acontecerá se fizermos o que nos pedem...

escute, Samuel, todos nós continuamos a ser judeus, independente de outras pessoas saberem ou não. Não nos condene a todos nós...

O filho ouvia com atenção e no final concordava com a cabeça.

De fato, parecia que estavam em segurança. Os negócios prosperavam e havia muito dinheiro emprestado com pessoas poderosas. "Isso nos garantirá que eles estejam de nosso lado", afirmava o pai.

Maria ia até mesmo se casar com o filho de um conde. Eles tinham começado a namorar sob os olhares complacentes e até mesmo agradecidos de Antônio. Ela era uma moça bonita e ele tinha um grande dote... tudo caminhava para se tornarem nobres...

Até mesmo a pequena Ana parecia que se tornaria uma moça tão linda quanto Maria e certamente conquistaria um bom partido.

Sim, talvez o patriarca tivesse razão. Talvez tudo terminasse bem.

2

Maria estava ajoelhada, os olhos postos no chão, cheia de vergonha.

— Minha filha, como foi fazer isso comigo? — disse Antônio.

A jovem não respondeu. Ao contrário, abaixou ainda mais a cabeça, continuamente envergonhada.

Antonio se virou para a esposa.

— O que fizemos para merecer isso? Ter uma filha desonrada antes do casamento! Maria, Maria... e ainda por cima grávida! É sorte que esteja noiva e o filho seja de seu noivo. Mas mesmo assim, o rapaz abusou de nossa confiança. Alguma vez eu desconfiei dele, Ruth?

A esposa fez que não com a cabeça.

— Tínhamos total confiança nele... o filho de um conde...

Nisso bateram à porta. Era Carlos, o filho do conde.

— Entre, entre, que quero lhe falar umas boas!

O rapaz veio a passos firmes, em contraste com a moça, envergonhada no chão.

— Estou aqui, pode falar.

Antonio balançou a cabeça, em pesar.

— Nós o recebemos em nossa casa. Tivemos total confiança em você... e...

O judeu engasgou com as próprias palavras. Sentia-se traído.

— ... e você traiu nossa confiança. Maria está grávida!

— Sim?

A resposta pareceu impertinente, e Antonio zangou-se com isso.

— O que me diz, ao menos ainda casa-se, não?

— Por que devo casar com uma mulher que não é mais virgem?

Todos soltaram um grito de espanto.

— O que está falando, homem?

— Essa rameira deve deitar-se com todo homem disposto a pagar. Como posso saber se esse filho é meu?

Diante dessa última frase, até mesmo Maria mudou de atitude. Levantou-se e enfrentou o rapaz.

— Carlos, como pode dizer isso? Foi você que me tirou a virgindade, e jamais estive com outro homem que não fosse você... você sabe disso!

— Isso é o que você diz. Quem iria acreditar?

— Rapaz, você está brincando com fogo! — bradou Antonio.

— Acalme-se, paizinho. — respondeu Carlos. Posso ver se arranjamos um marido para a jovem, talvez um porqueiro...

Antonio já espumava de ódio.

— Diz então que não vai casar?

O rapaz riu:

— Jamais quis casar. Só queria me aproveitar dessa rameira!

Dessa vez foi Samuel que avançou, pronto a golpear o insolente, mas foi impedido pelo pai.

— Vou denunciar você para a guarda. Se não casa, vai para a prisão!

O rapaz virou-se e andou a passos largos.

— É o que veremos!

A pequena Ana, que vinha entrando, aninhou-se nos braços do pai.

— Pai, o que é um marrano?

Antonio estremeceu:

— Marrano é o judeu que finge se converter ao cristianismo, mas continua realizando os ritos judaicos. Onde ouviu isso?

— Carlos, quando eu entrava ele vinha saindo e repetia: Marranos! Marranos!

Antonio sentiu um calafrio percorrer-lhe a espinha.

3

Era noite quando os soldados chegaram. Bateram à porta. Antonio estranhou:

— Quem será a essa hora?

Samuel levantou-se e fez menção de pegar uma arma. O pai segurou-o.

— Melhor perguntar antes.

O rapaz obedeceu e voltou a sentar-se à mesa. Sentia grande orgulho e respeito pelo pai. Era um homem bom, que seguia um modo de vida decente. Samuel jamais o vira fazendo mal a qualquer um e mesmo os empregados mais pobres e humildes ele tratava com dignidade.

— Quem bate à essa hora?

As batidas se tornaram ainda mais fortes.

— Quem bate? — repetiu Antonio.

Por fim, a porta cedeu aos trancos.

— Estão presos a mando do senhor Inquisidor!

— Qual a acusação? — indagou o patriarca.

— Não lhe é permitido conhecer a acusação! — retrucou o guarda.

Todos foram levados, inclusive a pequena Ana. Ela gritava e se debatia, mas nada podia contra as mãos potentes dos guardas, que gritava com ela:

— Vamos, sua bruxa!

Foram colocados em celas separadas. Embora não lhes fossem possível conhecer a acusação, não era difícil imaginar o que teria acontecido: Carlos, não querendo casar com a bela Maria, denunciou a família ao tribunal do Santo Ofício. A palavra que dissera, marranos, denunciara suas intenções. Samuel exasperava-se por não terem percebido isso e fugido.

Passou-se um dia sem comida ou água. Ao final dele, entrou um homem vestido de padre. Ele trazia uma cruz nas mãos. Samuel pensou que não se podia esperar outra coisa que não dor de uma religião que tinha como símbolo um instrumento de tortura.

— Confesse seus pecados, irmão. Confesse e livre seu corpo do mal do demônio. Confesso o pecado do judaísmo.

— Somos cristãos novos! — retrucou Samuel.

— São cristãos? — sorriu o inquisidor.

— Vamos à Igreja todos os domingos.

— Ser cristão não é apenas ir à igreja todos os domingos.

— Ser cristão é também ter misericórdia e amor ao próximo. — arriscou Samuel.

O inquisidor franziu o cenho.

— Não há misericórdia para o pecado ou para os que ofendem a Deus. Sobre os infiéis cairá a justiça de Deus...

— Do que estamos sendo acusados? Por que não nos trazem comida? Onde estão minha mãe e minhas irmãs?

O inquisidor sorriu, deliciado com a preocupação do judeu.

— Elas estão bem... você não ouviu seus gritos?

— Miserável... — sussurou Samuel.

— O que disse?

— Disse que somos cristãos... é tudo uma tramóia do filho do Conde, que engravidou minha irmã, mas não quis se casar...

O Inquisidor virou para os guardas:

— Vejam, ele mesmo admite que sua irmã cometeu o pecado da luxúria.

Um dos guardas passou a costa das mãos pela boca:

— Então ela não é mais virgem... não haverá do que reclamar!

Samuel pulou sobre o soldado, mas foi preso por mãos fortes.

— Não toque em minha irmã!

O Inquisidor aproximou-se dele e colocou a mão sobre seu ombro:

— Meu querido filho, ninguém tocou em sua irmã. Elas gritaram sim, mas foi de medo. Não somos selvagens. Mostramos aos pecadores o que os espera e rogamos que eles confessem seus pecados e denunciem seus cúmplices. Então deixamos que eles pensem sobre seus pecados. Só então somos mais... como direi... mais diretos. Meu nome é Thomaz e sei que nos daremos muito bem...

O inquisidor chamou os guardas, que vieram trazendo o rapaz.

Entraram em um grande salão, onde havia muitos equipamentos, cuja utilidade escapava a Samuel. Ele jamais vira instrumentos parecidos.

Era a sala de torturas.

4

— Façam com que ele olhe! — disse o inquisidor.

Os soldados agarraram a cabeça de Samuel e a giraram ao longo do pescoço, fazendo com que ela descrevesse uma panorâmica sobre a sala. As mãos eram ásperas e sujas e eles não se contentavam em direcionar a cabeça, mas também apertavam, deixando marcas de dedos que sumiam com o tempo, mas deixavam um borrão de sujeira.

— Esta é a sala de torturas. — disse Thomaz. Não, talvez esse não seja o nome certo. Eu prefiro chamá-la de sala de redenção. Afinal, é aqui que todas as bruxas, ateus e judeus alcançam a salvação de sua alma. Ah, sim, também os afeminados. Também eles são resgatados junto ao seio do senhor nesta sala. Resgatados, sejamos claros, do vício da sodomia. Há aqueles que acham que mesmo assim sua alma não conhece a paz, pois arde no fogo do inferno. No Novo Mundo costumam jogá-los aos cachorros. Vasco Núñez de Balboa jogou-os muitos para que servissem de alimento aos cães. Esse bravo senhor dizia que esse vício é contagioso e, portanto, todos os sodomitas devem ser mortos o mais rápido possível, para que não contaminem a outros.

Thomaz fez um gesto com a mão, como se quisesse espantar algo.

— Mas estou divagando. Minha missão aqui é caridosa. Devo lhe mostrar tudo que pode sofrer por não aceitar nosso senhor Jesus em seu coração. Vamos, venha. Quero que veja tudo em detalhes. Os detalhes são importantes.

O inquisidor andou até uma mesa e os soldados fizeram com que o prisioneiro o acompanhasse, empurrando sua cabeça.

— Esta é uma pêra. — disse ele, pegando sobre a mesa um objeto de metal. Tem esse nome por razões óbvias. Seu formato diz tudo. Ela é introduzida na boca, na vagina ou no ânus da vítima. Então é aberta até a sua máxima extensão. Esta aqui é dotada de ganchos, que se prendem na cavidade em questão, penetrando muito fundo. A pêra oral é usada para predicadores hereges ou criminosos laicos de tendências anti-ortodoxas. A pêra vaginal é aplicada em mulher culpadas de conluio carnal com Satanás, ou mesmo com os espíritos dos mortos. Também é aconselhada para as adúlteras e as suspeitas de se relacionarem com outras mulheres esfregando suas pudentas. A pêra retal destina-se aos sodomitas. O que acha? Uma dessas seria boa para você?

Um dos soldados deu forte tapa na cabeça de Samuel:

— Responda ao senhor padre!

— Não, meu senhor. Não sou culpado do vício da sodomia.

— Quem poderá saber?

O outro o olhava fixo nos olhos, como que analisando-o.

— Vejamos o que mais temos aqui... Oh, claro, um pouco mais sutil, mas igualmente conveniente é a garra de gato. Como vê é um pequeno instrumento de ferro, mas posso lhe garantir que é capaz de infringir sérios danos à pele do prisioneiro. Aqui temos as tenazes. Um pouco vulgares, creio, mas essenciais para qualquer verdugo. Aquecidas nas brasas, são destinadas aos narizes, dedos e mamilos. Um verdugo experiente pode arrancar facilmente um dedo com uma tenaz. Ocasionalmente podem ser usadas para destroçar ou queimar o pênis. Aqui temos um invento engenhoso: a cegonha. Como vê, o instrumento tem uma argola para o pescoço e outras para os braços e para os tornozelos, na mesma peça. Para que funcione, a vítima deve levantar e dobrar as pernas, ficando assim suas partes pudentas à disposição do verdugo, que pode açoitá-la, queimá-la ou mesmo mutilá-la sem que haja como reagir. Na verdade, o menor movimento com as pernas força o pescoço para a frente, que se torna logo extremamente dolorido. Tive ocasião de usar algumas vezes e posso assegurar que ao final de alguns minutos aquele que está sendo administrado sente câimbras na região da barriga e no... como direi, no lugar por onde se costuma fazer as necessidades. Ao final de uma hora essas câimbras tornam-se dores terríveis. Sim, de fato, muito engenhoso.

O inquisidor colocou a cegonha sobre a mesa e aproximou-se do judeu:

— Quer confessar logo, ou devo continuar minha demonstração?

Samuel juntou boa quantidade de saliva na boca e já ia cuspir quando um soldado, antecipando suas intenções, deu-lhe um soco na nuca.

— Oh, ofício triste o de um inquisidor. — disse Thomaz. É triste ver criaturas que se comprazem com a sujeira e com a lama. Vejo que o dever exige que eu continue minha didática demonstração. Pois bem, o que mais temos aqui?

Thomaz andou um pouco pelo recinto e parou ao lado de uma espécie de mesa. Em um dos cantos havia uma espécie de roda ligada a cordas.

— Este aqui é o cavalo de estiramento. Já deve ter ouvido falar dele. É famoso. Como pode ver, há tiras de couro aqui e do outro lado. Aqui são presas as mãos do prisioneiro. Na outra ponta, os pés, pelos tornozelos, evidentemente. A mesa é móvel, de modo que, sem esforço, o verdugo pode fazer girar a roda, fazendo com que a as placas se distanciem. Isso faz com que os membros do culpado sejam esticados ao máximo. Creio que primeiro se desloca os membros, mas depois todas as articulações o acompanham. Dizem que a dor é intensa por conta do rompimento dos músculos. Os gritos dos supliciados me fazem deduzir que sim.

O inquisidor ficou ao lado do instrumento por alguns minutos, alternando o olhar entre a mesa e o prisioneiro, como que avaliando o efeito que o instrumento teria sobre ele. Depois deu alguns passos e tocou numa espécie de um banco sobre o qual repousava uma pirâmide.

— Este aqui é o berço de Judas. O procedimento é simples. Basta suspender a vítima nua sobre o instrumento, baixando-a em seguida. O bico afiado atinge o anus, a vagina ou a base do saco escrotal. Qual é o alvo fica por conta da sabedoria divina. É um instrumento caridoso...

Os soldados riram.

— Queria experimentar esse instrumento na irmã deste aqui. — declarou um desses.

— Não brinque com os desígnios do Senhor. O importante é que a intensidade da dor pode variar de acordo com nosso pedido ao verdugo. A vítima pode ser solta de uma vez sobre o aparelho, para que a dor a torne menos culpada, ou baixada lentamente, para que pense sobre suas faltas. É um instrumento conhecido em todo o mundo civilizado. Os italianos, menos sutis, o chamaram de Culla di Giuda. Em alemão, Judaswiege e em inglês Judas Cradle. Na França é simplesmente La Veille, a vigília. Como disse, um instrumento caridoso... ali temos a cadeira de interrogatório. Por favor, senhor, peço que tragam o prisioneiro para mais perto, para que possa ter uma visão mais cômoda...

Os soldados o empurraram, gritando com ele:

— Anda, marrano!

— Como pode ver, ela é toda forrada de pontas de metal, que entram na carne. O fato de ser de metal é bastante conveniente, pois permite que coloquemos fogo sob ela, o que certamente torna o suplício mais doloroso, mas igualmente caridoso... finalmente, temos a estrapada. Alguns a chamam de polé. Simples, mas engenhoso. O prisioneiro tem suas mãos amarradas às costas. Então uma corda é presa a elas e colocada numa roldana, que suspende o supliciado dessa forma. O ombro é estirado. A tortura pode ser ampliada com o simples expediente de soltar repentinamente o culpado, o que, parece-me, provoca dor tremenda. Expediente igualmente eficiente é prender um peso ao corpo do prisioneiro, aumentando a pressão. Tem a vantagem adicional de não fazer correr sangue...

Thomaz aproximou-se novamente do prisioneiro, olhando-o nos olhos.

— Sou um homem caridoso e não gostaria de usar qualquer um desses instrumentos em você ou sua família. Sei que é inteligente e decidirá cooperar. Escute. Eu vou visitá-lo amanhã. Espero vê-lo mais colaborativo. A Igreja é uma mãe bondosa, mas também pode ser terrível com um filho desobediente. Não provoque a ira de uma mãe que só quer o melhor para sua prole... soldados, levem o prisioneiro!

5

Samuel foi jogado na cela e ficou lá, sem comida, por um período que não saberia precisar. Não havia luz e a única forma de contar o tempo era através dos gemidos que vinham de outras celas. Um homem, de tempos em tempos, chorava, pedindo por um médico e dizendo que seu braço estava quebrado, ao que o carcereiro gritava:

— Cale-se! Isso é para que pense em seus pecados!

A maior angustia era perder a noção de tempo. Não sabia ao certo que dia era ou que horas. De certa forma, ele ansiava pelo interrogatório, única forma de subtrair-se daquele terrível e enlouquecedor marasmo. Não havia cama ou qualquer outro móvel na cela. Só as paredes frias e escuras, repletas de mofo. De tempos em tempos um rato saia de um buraco e percorria a cela, farejando em busca de comida.

Samuel tentava dormir, mas sempre acordava sobressaltado. Numa dessas vezes, descobriu que o rato estava sobre ele, mordendo de leve sua orelha, como se lhe experimentasse o sabor.

"É preciso tomar cuidado com os ratos!", pensou, levantando-se e espantando o roedor, com nojo. Em pouco tempo ele já não sentia mais nojo do rato e convivia pacificamente com ele, desde que ele não o atacasse ou comesse sua comida.

Muito, muito tempo depois, a porta se abriu. O padre assomou à porta. Trazia uma jarra de água nas mãos.

— Está com sede, meu filho?

Samuel, que estava deitado, levantou-se e ficou de joelhos. O outro derramou-lhe água sobre a boca.

— Isso, meu filho, beba... "tive sede e me deram de beber"... aceite que Cristo lhe sacie sua sede. Isso, muito bem...

A água terminou e o padre ficou ali, com as mãos estendidas.

— Idiota! Beije a mão do padre! — gritou o carcereiro.

Samuel hesitou. Beijar a mão do homem que era responsável pela sua tortura...

— Beije a mão, idiota! Logo se vê que não é um cristão...

Como o judeu demorasse, o padre levantou a mão e entregou o jarro ao carcereiro.

— Não, tudo tem seu tempo. A paciência é uma virtude de homens sábios. Sem paciência não se entra no paraíso... senhor carcereiro, por favor, nos deixe a sós.

— Mas senhor... o prisioneiro pode...

Thomaz olhou para o outro, repreendendo-o:

— Uma confissão deve ser ouvida em particular. Não queremos ferir os mandamentos da Santa Igreja!

— O senhor é que sabe... — resmungou o carcereiro, fechando a porta.

O padre ficou algum tempo lá, em pé, olhando para o outro. Olhava-o nos olhos com tanta ardor que fez o Samuel desviar o olhar, abaixando a cabeça. Então ele se abaixou e colocou a mão sobre sua cabeça.

— Meu filho, não me tome por inimigo. Só quero o seu bem. Já lhe disse, a Igreja é uma mãe, que cuida de seus filhos. Mas que também deve castigar aqueles que se desviam do caminho correto. Mas é uma boa mãe, que esquece tudo se seus filhos colaboram. Vamos, confesse, meu filho. Conte-me o que vai em seu coração...

— Eu não tenho nada a dizer, padre. — respondeu Samuel, ainda de cabeça baixa.

Thomaz afagou-lhe os cabelos.

— Por favor, meu filho. Não quero levá-lo para a sala de tortura. Confesse e denuncie seu pai. Diga que foi ele que o levou para o judaísmo...

— Padre, nós somos cristãos!

— Meu filho, a Igreja não erra. Se estão sendo acusados, é porque são culpados. Mas podem se redimir confessando. Não seja um mau filho...

— Somos cristãos, padre. Não tenho nada a confessar.

O tom de voz do outro mudou, agora severo:

— Pois bem. Que seja. Deve precisar de mais tempo para pensar. Carcereiro!

A porta se abriu e o padre saiu.

— Pense nos seus pecados e confesse, meu filho. É só o que lhe peço!

Samuel foi deixado só, em meio à escuridão e ao bolor das paredes frias. Apesar de ser um lugar fechado, um vento penetrava pelas frestas, provocando calafrios, de modo que ele se dobrou sobre si mesmo, abraçando as pernas, e chorou.

6

Mais uma vez Samuel não saberia dizer quanto tempo se passou. Certamente foi um tempo muito longo, pontuado pelos gritos e gemidos vindos de outras celas. O carcereiro passou prato de comida por uma portinhola. Era uma coisa de aparência estranha e gosto azedo, mas o judeu comeu como se fosse um manjar. Sabia que morreria se não comesse nada. O rato apareceu por ali e farejou o prato, mas ele estava vazio. Samuel comera tudo e até mesmo lambera o metal. Depois voltou a dormir, mas acordou com uma dor aguda. Não sabia se era o fato de ter comido depois de tão prolongado jejum, ou se era o azedo da comida, mas o fato é que sentia cólicas terríveis.

— Carcereiro! Preciso ir ao banheiro!

Ouviu passos vindo em sua direção.

— Que gritaria é essa?

— Carcereiro! Preciso ir ao banheiro. E preciso de um médico. Acho que estou doente...

— Isto não é um hospital. E também não é um banho público. Logo irá pedir para tomar banho! Judeu maldito! Bem tinham me dito que vocês tomavam banho toda a semana. Eu nunca tomei banho em toda a minha vida! Deus me livre desses costumes hereges!

— Mas eu preciso ir ao banheiro!

— Arrume-se por aí mesmo!

Samuel tentou segurar-se, mas era impossível. As dores eram terríveis e a única maneira de livrar-se dela era evacuar. Assim, foi para um canto oposto ao que costumava dormir e abaixou a calça. Veio num jato forte, mas não era líquido. Samuel achou que não era diarréia, mas teve sede, muita sede. Colocou novamente a calça, sem se limpar, e foi até a porta.

— Água, por favor!

— Não é hora de água! E não me importune mais! — resmungou o carcereiro.

Samuel voltou a deitar a tentou dormir. O cheiro do mofo misturava-se ao dos excrementos no canto da cela. O rato voltou a sair e passeou pelo quarto, mas o judeu nem mesmo olhou para ele.

Acordou com o carcereiro passando uma caneca pela portinhola. A água tinha gosto de barro, mas Samuel bebeu sofregamente. Depois voltou a deitar. A barriga doía menos, mas ele tinha pesadelos e o sono não era tranqüilo.

Passou-se um longo tempo até que a porta se abrisse novamente.

Era de novo o padre. De novo com uma jarra de água, mas trazia também um pedaço de pão. A água era limpa e o pão de trigo fino. Uma verdadeira maravilha comparado com a comida que haviam servido antes.

Samuel levantou-se e a cena anterior repetira-se. De joelhos, ele recebeu a água na boca enquanto o padre acariciava-lhe os cabelos. Saciada a sede, o padre entregou-lhe o pão. Era um pedaço grande e Samuel comeu—o todo, cuidando para não desperdiçar nem mesmo os farelos.

— Esses judeus fedem mesmo! — comentou o carcereiro.

O padre repreendeu-o:

— Precisa aprender a ser mais caridoso, meu filho!

Quando a refeição terminou, o padre pediu novamente que a porta fosse fechada.

Ele se agachou ao lado do prisioneiro e pegou em sua cabeça.

— Meu filho, você ainda não entendeu? Eu só quero o seu bem... não me faça fazer o que não quero. Basta colaborar...

— Senhor padre, eu não tenho nada a confessar... somos bons cristãos. — respondeu Samuel, e começou a chorar.

— Shhhiiii. — fez o padre, colocando o dedo nos lábios do judeu. Não chore. Estou aqui para ajudá-lo. Certamente quer se ver livre dessa situação, não quer? Quer salvar seu pai e o resto de sua família?

— Quero, padre.

— Basta colaborar. Eu lhe prometo. Dou minha palavra que nada de mau acontecerá a você ou qualquer outro de sua família. Ninguém sofrerá nada. Basta confessar, e terá o perdão divino.

— Padre, eu não posso confessar. Seria mentira!

— É lamentável que eu tenha de usar de tais métodos... fico triste mesmo. Carcereiro! Chame os soldados!

Samuel foi conduzido pelos soldados. Já não oferecia resistência, como se sua vontade estivesse sendo quebrada.

Chegaram finalmente à sala de torturas.

— Usaremos o polé, senhor padre?

— Não, hoje usaremos o potro. Se for necessário, usaremos o polé mais tarde.

— O padre está caridoso hoje. — comentaram os soldados, conduzindo Samuel até uma cama de tábuas.

Samuel foi colocado ali e cordas foram atadas aos seus pulsos e tornozelos.

— Padre, não deveríamos ter a presença dos deputados e do notário? — indagou o carrasco.

— Não, ainda não. O interrogatório será feito depois. Agora quero apenas mostrar a esse filho querido o que virá pela frente se ele não colaborar.

O carrasco deu de ombros e voltou ao trabalho, apertando as cordas.

— Meu querido filho. É necessário que saiba que se morrer aqui, ou perder o movimento de algum dos membros, a culpa será única e exclusivamente sua, por não colaborar com o processo. Nem eu, os soldados ou mesmo o carrasco traremos isso em nossa consciência. Portanto, pense bem, meu filho. Confesse.

— Eu não tenho nada a confessar padre. — respondeu Samuel.

— Pois que inicie o tormento.

O carrasco apertou as cordas, que rasgaram a pele. Samuel gritou alto, o que fez com que os soldados rissem.

— Aperte um pouco mais, por gentileza. — pediu Thomaz.

O carrasco apertou as cordas e o sangue manchou as cordas.

— Solte um pouco. Saiam, preciso conversar com ele.

— Padre, isso é irregular. Não podemos deixá-lo sozinho aqui sozinho com o senhor...

Thomaz fulminou o carrasco com os olhos.

— Quer contestar a autoridade de um inquisidor?

O carrasco abaixou a cabeça.

— Não, meu senhor. Diga e obedecemos.

— Assim está melhor. Agora saiam!

Os soldados e o carrasco saíram. Quando se viu a sós, o padre afagou a cabeça do judeu.

— Meu filho, é com imensa dor no coração que o vejo sofrer. Por favor, não me exponha a essa dor. Colabore. Eu lhe prometo. Todos de sua família serão soltos e perdoados...

— Promete, padre?

— Sim, tudo que preciso é que você confesse... e mais uma coisa...

Thomaz olhava-o com um olhar meigo, muito diferente do olhar arrogante de antes.

— Meu filho, é preciso lutar contra o pecado, mas a melhor forma de resistir ao pecado é ceder a ele... Você é muito bonito, meu filho... é triste vê—lo nessa situação. Você poderá se ver livre de tudo isso, da dor, da prisão. Precisa apenas ser um bom menino.

— Padre? — sussurrou Samuel, como que não entendendo.

— É preciso que você seja purificado. Deverá passar uma noite comigo. Confesse seus erros e faça isso que estou lhe pedindo e todos vocês voltarão à vida normal.

— Dormir com você, padre?

— Oh, meu filho, não diga nada. Só peço que examine do fundo de seu coração. Veja todo o sofrimento pelo qual irá passar. Eu posso lhe assegurar que a polé é um instrumento muito mais doloroso e mortífero. Não sei se no próximo interrogatório eu conseguiria livrá-lo do polé... vamos, meu filho. Só o que lhe peço é sua colaboração. Uma confissão e uma única noite... o que me diz?

Samuel ficou em silêncio. O outro o olhava com olhar meigo e afagava seus cabelos.

— E então, você será um bom menino?

Samuel fechou as pálpebras, como que para que seus olhos não vissem sua boca articular as palavras.

— Sim, padre. Serei um bom menino...

— Ótimo. — exultou Thomaz, e chamou o carcereiro.

— Solte-o! Ele vai colaborar!

7

Samuel foi levado de volta para a cela. O carcereiro entregou-lhe um pano molhado, para que fizesse sua higiene. Ele passou o pano, mas parecia que não conseguia ficar limpo. Sabia o que viria depois.

No dia seguinte, foi levado a um local melhor. Ainda era um prisioneiro, mas não passava mais fome, ou sede. E vestia boas roupas.

Uma semana depois, vieram buscá-lo. Foi levado para a rua, num grande evento. Milhares de pessoas se acumulavam na praça, em torno de postes de madeira. Sobre uma espécie de palco, ajuntavam-se membros do clero e da nobreza, estupendamente vestidos. A gentalha dividia-se entre olhar para os postes onde queimariam os hereges ou para as roupas elegantes dos nobres.

Samuel foi levado para sentar-se ao lado do inquisidor e ficou lá, em silêncio, enquanto o outro, de tempos em tempos, olhava para ele e batia em sua perna de maneira carinhosa.

Do outro lado da praça, ele viu chegar uma procissão. O povo abria caminho para os soldados, muito bem armados. Atrás deles, os réus condenados à morte. Ao final, os réus que haviam sido perdoados, carregando velas.

Samuel viu, estarrecido, que seus parentes estavam entre os que seriam mortos. Tentou dizer isso ao inquisidor, mas este cortou-o:

— Sinta-se feliz por estar vivo. Agora fique quieto.

Daí em frente foi como se estivesse num sonho. Não sabia distinguir o que era real. Viu que era oferecida a cada um a chance de serem estrangulados antes da queima. A cada aceitação, o povo gemia e gritava de revolta. A cada um que não aceitava o povo se extasiava vendo o fogo lamber-lhes o corpo e ouvindo-lhes os gritos.

A cerimônia durou o dia inteiro. A mortandade era suspensa apenas para outras cerimônias, como casamentos e batizados e os noivos e padrinhos pagavam comida e bebida para todos. Os que morriam logo cedo eram mais afortunados. Muitos passavam o dia inteiro lá, em pé, sendo escarnecidos pela multidão e atacados com tomates e ovos podres.

Quando terminou tudo, o inquisidor o levou até uma carroça.

— Eu gostaria de ficar com você aqui, comigo. Seria uma boa companhia. Mas estaria me arriscando. Vá para o porto e pegue o primeiro navio para a América. Se ficar aqui, saiba que terá o mesmo fim que sua família. E não fale sobre isso com ninguém, nem mesmo com o carroceiro. Há coisas piores que a morte...

Samuel sentou-se na carroça, chorando. Chorava de ódio. Ódio de si mesmo.

CAPÍTULO 19

No qual acompanhamos Milton em sua dança com a morte.

1

Entre lágrimas e dores, Milton levantou a cabeça. O Galeão afastava-se, lentamente. À sua volta, muitos, muitos mortos. Primeiro o inquisidor fechou os olhos, tentando fugir da visão terrível da peste. Mas a morte era inevitável e ele abriu os olhos. Espantou-se ao descobrir que os mortos não eram todos iguais. Alguns pareciam tranqüilos, como se a morte fosse algo a se aceitar. Outros morriam revoltados, seus músculos pareciam contorcer-se em um esgar de ódio. Os ratos, pretos, andavam sobre eles.

Milton temia a morte. Mais ainda a morte vinda da peste, que deforma os corpos e escurece a pele.

Pensou em pular na água do mar, mas não tinha coragem. Sabia que as águas estavam infestadas de tubarões. Se sobrevivesse a eles, provavelmente morreria afogado. No navio ao menos estava momentaneamente seguro.

Fazia silêncio. Aguçando os ouvidos, ele percebeu apenas as ondas, pequenas, batendo no casco do navio e o riso arranhado dos ratos.

Após um longo tempo em que permaneceu paralisado pelo medo, o inquisidor resolveu explorar o navio. Desceu à coberta e espantou-se com a grande quantidade de ratos pelos corredores. Abriu uma das portas e deparou-se com o camarote do Capitão. O fedor era indescritível. Lá fora ao menos o cheiro espalhava-se. Ali, os eflúvios se concentravam no ambiente fechado e úmido, infestando todo o ambiente. O capitão morrera ao pé de uma escrivaninha sobre o qual havia papel e tinta derramada. A pena estava ao lado, no chão. Talvez ele estivesse escrevendo um relato dos últimos dias. Talvez.

O inquisidor teve vontade de entrar e ler o papel, mas o medo o segurou. O que quer que o Capitão tivesse escrito, morreria com ele. Ninguém em sã consciência teria coragem de entrar naquele quarto fétido.

Milton subiu para o convés. Usava uma parte rasgada do hábito sobre o nariz. Espantou-se ao descobrir que já estava anoitecendo. Não vira o tempo passar. Talvez só o estômago tivesse sentido que já era tarde. Sentia uma fome terrível, como se houvesse um buraco em seu estômago. Mas não tinha coragem de procurar comida. Embora soubesse que estava de fato condenado, a simples ideia de tocar na comida dos afetados pela peste lhe causava náuseas. Mas talvez houvesse esperança. Durante anos ele fora um arauto do Senhor. Durante anos ele jogara na fogueira todos os inimigos da Igreja. Talvez Deus o salvasse, talvez o livrasse do abraço fatal da morte negra.

Ajoelhou-se no convés e rezou. Rezou até que o sono viesse. E dormiu sobre o chão duro.

2

Milton acordou no final da madrugada, com um rato beliscando seu rosto. Talvez achasse que fosse outro defunto. Foi afastado com uma tapa e um palavrão.

O sol já começava a despontar no horizonte, dando um tom avermelhado ao convés. O inquisidor estremeceu. Não era mais só a fome. Era também a sede. A boca seca incomodava mais do que qualquer coisa. Mais até do que o nojo do contato com o rato. Não, não poderia esperar mais. Tinha que comer. Tinha que arranjar algo para beber.

Temeroso, ele desceu à coberta. Estava tudo escuro e era necessário desviar dos ratos, que passavam guinchando por ele. Na falta da visão, teve que usar o olfato. Em algum lugar por ali devia haver o que comer e beber. Tateando a parede, ele foi seguindo pelo corredor. Acabou pisando no rabo de um rato e recebeu em troca uma mordida no pé que lhe arrancou um urro de dor. Mas continuou avançado. A fome e a sede eram maiores que o medo e o nojo.

Por fim, sentiu algo. O cheiro de vinho misturava-se ao odor da madeira.

Sôfrego, ele avançou por uma porta e, tateando, encontrou uma garrafa virada. Levou-a à boca e sorveu feliz algumas gotas que haviam sobrado no fundo. Isso lhe deu um novo vigor. Continuou procurando no que parecia uma mesa. Um ou dois ratos tentaram oferecer resistência, mas ele os repeliu com um tapa. Suas mãos enfim tocaram em algo macio. Queijo. Comida. Ao lado, achou uma garrafa. Abraçou-se aos dois e fez o caminho de volta. Encontrara comida e algo para beber e isso era o maior tesouro que poderia ter. Não pensava em mais nada, além da fome e da sede.

Ao chegar ao convés, percebeu, atônito, que o vinho ainda estava com a rolha. Procurou alguma coisa pontuda, com a qual pudesse retirá-la, mas não achou. Finalmente, resolveu a situação batendo com a garrafa contra a balaustrada. O bico ficou repleto de cacos, mas conseguira abrir.

Embora fosse um vinho barato, provavelmente dos marinheiros, pareceu-lhe mais saboroso do que qualquer coisa que já tivesse provado. Da mesma forma o queijo, já meio comido pelos ratos, pareceu-lhe delicioso. Tinha procurado um dos poucos lugares do convés em que não havia cadáveres para fazer sua refeição, mas um vento trouxe o cheiro forte de podridão e ele teve que se segurar para não vomitar.

Um pouco mais estabelecido, voltou a dormir.

Acordou com o sol já forte tostando-lhe o rosto. Sob o ápice do calor, os corpos fediam ainda mais. Era necessário se livrar deles, ou o cheiro chegaria a um ponto insuportável.

Milton não era acostumado a atividades físicas e levantar os corpos, mesmo magros e carcomidos pela doença, era um esforço enorme, tão grande quanto suportar o cheiro e a textura pegajosa da pele. Mas mesmo assim ele fez o que era necessário. Puxou para a balaustrada o corpo de um marinheiro e jogou-o no mar. Quando o cadáver já flutuava na água, ele fechou os olhos e fez uma breve oração pela alma do pobre coitado.

Fez o mesmo com todos os outros e, em todas as vezes, rezou algumas palavras. Normalmente nem mesmo chegaria perto de alguém tão baixo e ainda infectado pela peste, mas a proximidade da morte parecia ter operado algo em seu íntimo.

3

O dia já estava terminando quando o padre decidiu fazer uma nova incursão às cobertas inferiores. Ainda sentia fome e sede e sabia que de noite seria mais difícil.

O local era escuro, mas conseguia ver algo. Os ratos se espalhavam por todos os locais e corriam diante do intruso. Milton achou um pouco de água num barril. Estava suja, infecta, mas ele bebeu assim mesmo. Achou também um copo de vinho e bebeu. De comida, só alguns farelos de biscoito. Os ratos já haviam comido quase tudo.

Mais aliviado da fome e da sede, ele subiu ao convés e tentou dormir. Teve pesadelos com ratos e pústulas que se tornavam maiores e tomavam todo o seu corpo. Acordou suado, no meio da noite e olhou para a lua. Por alguma razão, essa visão o emocionou e ele logo estava em lágrimas. Agradeceu a Deus por ainda estar vivo, mas ficou de joelhos e gritou com toda a força de seus pulmões, pedindo perdão e salvação.

No dia seguinte, quando acordou, percebeu que havia uma espécie de caroço sob as axilas. Eram os bulbos. A pele já estava escura em vários pontos, roxa, como se ele tivesse sido socado. Era a peste negra que já tinha se instalado. Havia também as dores, que começaram fracas e terminaram o dia insuportáveis.

Já não sentia fome ou sede. Só medo e dor. E arrependimento. Mais uma vez ele se ajoelhou, embora isso fosse muito dolorido, e gritou, pedindo perdão. A pele parecia queimar, da mesma forma que devia queimar a pele dos que ele condenara à fogueira. Em delírio, ele sentiu como todos os que a Santa Inquisição abraçara com sua bondade e teve pena deles.

No final, chorava.

E foi com lágrimas nos olhos que a morte o encontrou.

CAPÍTULO 20

No qual finalmente conhecemos o segredo de Jean-Pierre.

1

Marie le Marcis nasceu uma linda menina de olhos azuis. Seus pais acharam que fosse um presente dos céus, uma espécie de anjo enviado a eles para tornar suas vidas menos tristes. Era uma família pobre e as necessidades eram muitas. A pobre menina teve o peito da mãe como único alimento durante muito tempo, mas ela parecia se comprazer com isso, sempre exalando uma auréola de amor. Quando vinha da lavoura, no final da tarde, o pai gostava de ajoelhar-se ao lado de seu berço e ficar observando-a. A menina abria os braços, pegando coisas invisíveis, e dando gritinhos de satisfação.

Apesar de todas as dificuldades, a menina crescia, linda e saudável. Desde muito pequena ajudava sua mãe na casa, mas, quando tinha tempo, corria pelos campos em meio às flores da primavera, inalando o ar perfumado.

Aos cinco anos ela conheceu uma amiga, a pequena Anne. As duas caminhavam de mãos dadas pelos campos e muitas vezes dormiam encostadas uma na outra. Parecia que o tempo parava quando estavam juntas.

Um dia estavam dormindo juntas sob uma árvore, o doce vento do outono a despentear-lhes os cabelos, quando algo aconteceu.

Marie acordou com um alarido, gritos. Eram adultos.

Um homem surgiu no meio da vegetação rasteira. Uma mulher vinha ao lado dele.

— Anne! — gritou o homem.

A menina despertou em desespero. Marie pegou em seu ombro, num gesto involuntário, uma tentativa vã de fazer com que ela se acalmasse.

O homem agarrou a pequena menina pelo braço e a levantou na sua direção.

— Anne! — gritou Marie, e pegou a amiguinha pelo outro braço.

A mulher empurrou Marie e cuspiu nela.

— Seu monstro! Jamais se aproxime da minha filha de novo.

O casal afastou-se em meio à vegetação, a pobre Anne sendo puxada e olhando por cima dos ombros para sua amiga, lágrimas em seus olhos.

A pequena Marie ficou lá, parada, o vento agitando seus cabelos, a saliva secando contra sua pele suave. Ela sabia que era a última vez que veria sua amiga.

2

Marie continuava crescendo e se tornava uma moça cada vez mais linda, embora parecesse haver algo de estranho nela. Pensando nisso, ela lembrava dos pais de Anne chamando-a de monstro.

Quando se achou em idade suficiente, os pais a colocaram para trabalhar como camareira do senhor Daniel Fremont. Era um advogado famoso, um homem rico e Marie encantou-se com aquela casa imensa, que lhe pareceu linda. Mas se por um lado era opulento consigo mesmo, Fremont era econômico com suas criadas. Assim, a jovem teve que dividir o quarto com uma jovem viúva, Jeanne Lefebure, que fora contratada para cuidar da enferma senhora Fremont.

— Teremos que dividir a cama. — declarou a viúva.

Marie não reclamou. Mesmo aquele quarto pequeno e aquela cama dividida eram melhores do que a vida que ela levara até então.

— Vamos nos dar bem. — opinou Jeanne.

De fato, viraram amigas. O trabalho era árduo, mas as duas ajudavam-se mutuamente e isso tornava as coisas mais felizes.

— Você já foi casada? — indagou Marie certa noite, enquanto as duas dividiam a cama.

— Por pouco tempo. Meu marido morreu de febre um ano depois que nos casarmos.

— Como é ser casada?

— Sinceramente?

— Sinceramente!

— Não é nada demais. Antes de casarmos, somos propriedade de nossos pais. Quando nos casamos, viramos propriedade de nossos maridos...

— Um marido é como um pai, então?

— Não exatamente. Tem coisas que você faz com seu marido que não faria com seu pai.

Jeanne riu, envergonhada.

— Coisas?

— Sim, você sabe... coisas...

Marie pareceu pensar sobre isso.

— Hoje sou viúva e é difícil encontrar um bom marido. Quem se interessaria por uma mulher que não é mais virgem? Só recebo propostas de bêbados e desocupados. Aquele maldito Vacourt vive me dizendo indecências... não quero alguém só para me levar para a cama. Já tenho alguém para dividir a cama...

As duas riram.

— E você, Marie? Quando irá se casar? Já tem alguém em vista? Não se deixe impressionar pelo que falei sobre o casamento. Você Pode encontrar um bom homem...

— Não, eu não me casarei...

Jeanne olhou-a nos olhos.

— Você quer virara freira?

— Não, não é isso...

— O que é então?

Marie ficou em silêncio constrangido. Depois contou o seu grande segredo.

177

3

— Você, você é homem?

— Não... eu não sei exatamente como explicar. Eu era uma mulher, mas de uns tempos para cá, comecei a perceber que...

Marie calou, constrangida.

— O que você começou a perceber? — insistiu Jeane.

— Isso.

A moça levantou a camisola. No púbis, onde deveria haver uma fenda, revelou-se um membro masculino.

Jeane não conseguiu segurar um grito de espanto, mas logo levou as mãos à boca, tampando-a, pois sabia que um novo grito acordaria os donos da casa. Sentia-se entre encantada e assustada... e foi assim que se sentiu durante toda aquela noite. Quando acordou, no dia seguinte, descobriu que estava apaixonada. O fato do objeto de sua paixão ser um tanto homem e um tanto mulher a deixava desconcertada, mas não podia fugir de seus sentimentos. Logo estavam vivendo juntas e decidiram contrair matrimônio. Conversaram com algumas autoridades locais, que a aconselharam a ir até a cidade de Rouen consultar-se com o juiz local.

Marie decidiu que, se queria casar-se, devia desde já trajar-se como homem e, igualmente, mudou o seu nome para Jean Pierre. Fizeram a viagem assim, como um casal de noivos, dormindo juntas nas estalagens que encontravam pelo caminho.

Ao se apresentarem ao juiz de Rouen, no entanto, tiveram uma surpresa. Ele não só não permitiu o casamento, como mandou prendê-las.

Sem entender o que acontecia, Marie, ou Jean Pierre, lamentava apenas terem sido colocadas em celas separadas. Gostaria de ter perto de si a pele alva e macia de sua amada, gostaria de poder acariciar-lhe seus cabelos longos. Isso ao menos lhe daria algum consolo no meio de tanto sofrimento. Descobrira que era acusada de atos pecaminosos e contrários à natureza. O juiz lhe dissera também que ela ofendera gravemente a Deus e à Justiça ao tentar passar-se por homem. Diante dos gritos de Jean-Pierre, que insistia ser homem, o meritíssimo ordenou que o réu fosse examinado por dois médicos. Nenhum dos dois se preocupou em tirar-lhe a roupa. Nem mesmo a tocaram. Uma breve olhada e declararam que não haviam encontrado nenhum sinal de virilidade.

O juiz condenou-as ambas a serem postas com as cabeças e pés expostos, na frente da igreja. Depois dessa humilhação, Marie seria queimada viva e Jeanne seria chicoteada e expulsa da província.

Diante da recusa de Jean-Pierre em aceitar o veredito, uma nova junta médica foi nomeada. Agora três médicos examinaram Marie, mas, como os outros, se recusaram a tocá-la. Marie, num ato de desespero, desnudou-se na frente deles. Dois médicos fugiram, envergonhados. Mas um deles resolveu olhar e, descobriu, espantado, que a suposta mulher era, também, um varão. "Realizei o exame e posso afirmar categoricamente, que Marie é, na realidade, um ambíguo". Essa opinião salvou-as.

Mas os sofrimentos ainda não haviam acabado. A corte decidiu que eram inocentes, mas não podiam mais se encontrar, sob pena de morte. Jeanne foi levada de volta à província e Marie foi deixada em Ruen. Uma semana depois, após uma tentativa frustrada de fuga, Jeanne suicidou-se.

Marie, agora Jean-Pierre, passou a andar pelo mundo. Queria fugir, desaparecer do mundo que a tratara de forma tão terrível. Chegando em Portugal, soube de um galeão que partiria rumo ao novo mundo e embarcou nele.

CAPÍTULO 21

No qual uma terrível tragédia se abate sobre o navio e se descobre que muitas vezes os defuntos não permanecem mortos.

1

Os dias se passaram no navio. Samuel percebeu que havia sumido um pouco de água, uma garrafa de vinho e algumas bolachas da reserva. Estranhou porque isso ocorreu num horário em que todos estavam no convés. A partir daí, ele e Jean-Pierre se revezavam na guarda dos mantimentos.

Um sol forte tostava os sobreviventes. Ainda assim era necessário racionar a água, que já estava perto do fim, e não havia previsão de resgate. A terra, onde quer que estivesse, parecia muito distante.

Uma semana depois do encontro com o navio tomado pela peste, o tempo mudou. Uma tempestade começou a se armar numa grande nuvem negra. Isso despertou a esperança de todos, pois chuva era uma forma de conseguir água potável. Mas quando começaram a cair as primeiras gotas, ficou claro que as notícias eram ruins.

O galeão foi açoitado dia e noite por uma torrente interminável de água, que agitava o mar e fazia com que muitos vomitassem a pouca comida que havia.

A chuva não deu trégua por um único instante. Era impossível ver até mesmo para onde estavam indo. O enorme navio parecia um barquinho de papel no meio da fúria da natureza.

Três dias depois aconteceu. O casco bateu em algo e o galeão adernou. A água começou a encher as cobertas inferiores. A maioria das pessoas não sabia nadar e relutava em pular na água, mas a inclinação se tornava cada vez maior. Chegou num ponto em que era necessário segurar em algo para não cair. Alguns resolveram tentar a sorte no mar e nas ondas rebeldes. Outros ficaram no navio até que ele afundasse e tragasse com ele as suas almas.

2

Pedro se jogou nas águas e tentou nadar. As ondas eram fortes e ele quase afogou mais de uma vez, mas persistiu. Não tinha medo. Já tinha lutado muito por sua vida. Quando pulara do navio, achara que seria morto pelos tubarões ou morreria afogado. Felizmente, lembrou-se da corda que haviam lhe jogado e que ainda estava presa ao Santa Bárbara. Com grande dificuldade, subira de volta ao galeão, mas tivera que ficar escondido até a noite para poder se movimentar. Urrara de fome e de sede, mas resistira até que estivesse tudo seguro. Só saiu de seu lugar quando viu que todos dormiam. Sabia de um bom local onde ficar: na coberta inferior, onde escondera o corpo do mestre calafeteiro. Dificilmente os outros iriam lá. O cheiro do corpo já em putrefação não o incomodava. Ao contrário, era-lhe agradável e reconfortador. Antes de se esconder, passou na dispensa e tomou um grande gole de água. Pegou também uma garrafa de vinho e alguns biscoitos. Por algum tempo não sentiria nem fome nem sede.

Agradeceu a si mesmo por ter tido essa ideia, pois logo a dispensa passou a ser vigiada noite e dia. Com o aumento da sede, começou a beber a própria urina. Pensou em comer os restos de sua vítima, mas desistiu. Dias depois o navio começou a balançar como um louco. Era a tempestade. As gotas de água batiam como pregos no casco por horas e horas e horas.

Quando ouviu o impacto, percebeu que o navio batera em algo, talvez em recifes e raciocinou que as cobertas inferiores seriam as primeiras a inundar. Tinha que se arriscar mais uma vez. A alternativa era a morte.

Pedro não saberia dizer quanto tempo lutou contra as ondas até perder os sentidos. Quando acordou, sentiu o atrito da areia contra seu rosto. Estava numa praia. Alguém o virou e ele conseguiu ver um homem já velho e uma menina. Ele tinha mãos grossas de quem trabalha na roça. A menina era bonita, muito bonita. Doce. Lembrou-lhe alguém do passado.

Os dois o ajudaram a levantar. A fome e o esforço exaustivo tinham acabado com sua resistência, mas mesmo assim ele seguiu, tropeçando, amparado pela menina e pelo velho. Foi levado para um barraco e deitado numa cama, onde desmaiou em febre. O que se seguiu foi uma mistura de delírio e realidade. De tempos em tempos via alguém tentando alimentá-lo com sopa ou leite. Sorvia um pouco do líquido e voltava para as imagens de seu passado. Suas vítimas vinham visitá-lo e atormentá-lo em seus pesadelos.

Finalmente, um dia acordou com a menina olhando-o. A febre tinha passado. Sentia uma fome terrível, mas não conseguia se levantar.

Ao vê-lo abrir os olhos a menina saiu correndo:

— Vovô! Vovô! Ele acordou!

O homem se aproximou e olhou, intrigado.

— Consegue falar?

Pedro tentou, mas só conseguiu soltar alguns grunhidos.

— Pegue um pouco de leite para ele, querida.

A menina desapareceu e voltou pouco depois. Trazia um copo de barro nas mãos. O velho ajudou-o a se levantar um pouco e a menina colocou o copo em sua boca. Pedro tentou segurar o copo, mas não conseguiu. O gosto do leite era bom. Sentiu o líquido entrar em seu estômago com sensação reconfortante. Não conseguiu tomar tudo, mas já se sentia mais restabelecido. Voltou a deitar, mas não dormiu. Queria fugir dos pesadelos.

Mais tarde, a menina trouxe um prato com sopa. Ele conseguiu se levantar o bastante para comer algumas colheradas.

No dia seguinte, ensaiou alguns passos para fora da cama, mas caiu. O velho e a menina o deitaram de volta. À tarde conseguiu se sentar. O velho pareceu satisfeito com isso:

— Vejo que já está se recuperando. Achei que ia morrer... você estava no navio?

Pedro pensou um pouco antes de responder.

— Sim, eu era um dos marinheiros. Encontraram mais alguém?
— Não. Só você.
Pedro começou a chorar:
— Todos os meus amigos, mortos...
O velho colocou a mão no ombro do marinheiro:
— Pelo menos o senhor está vivo.
— Sim, pelo menos isso. Mas vocês, quem são?
— Meu nome é João Gomes. Essa é minha neta, Antônia.
— Moram só vocês dois aqui?
— Os pais dessa menina morreram. Só sobramos nós dois. Eu planto alguma coisa e pesco. Tenho uma vaca para tirar leite...
Pedro olhou à volta.
— Aqui parece um lugar afastado...
— Há uma colônia de pescadores mais à frente, a umas quatro horas de viagem. Quer comer alguma coisa?
— Por favor.

O velho o ajudou a chegar à mesa. Sentado na cadeira, comendo um pedaço de pão com leite, ele olhou para a menina e se admirou com sua beleza. Era uma vítima perfeita. O velho não ofereceria resistência e estavam longe demais para que alguém atrapalhasse. Só precisava se recuperar um pouco. Logo poderia voltar a brincar.

3

Agostinho estava em seu camarote quando ouviu um estrondo no casco e o navio adernou. Foi até o camarote de Luiza, mas não a encontrou. Subiu até o convés e viu o cozinheiro de joelhos, abraçado ao garoto Gutierrez e chorando. Perguntou a eles pela viúva, mas não obteve resposta. Estavam num mundo só deles, chorando pela morte que se aproximava. As outras pessoas que encontrou também estavam fora de sim. O navio virou um pouco mais e foi necessário segurar na balaustrada para não cair.

O padre percebeu que não havia outra saída: ou pulava na água, ou iria para o fundo junto com o navio.

Mergulhou e nadou para o mais longe que conseguiu. O hábito dificultava as coisas e puxava-o para baixo, mas ele lutou bravamente. Lá atrás o galeão dobrou sobre si mesmo, sacolejou e finalmente afundou. Sabe Deus quantas almas foram com ele.

Exausto, Agostinho parou de nadar e se concentrou em apenas flutuar, tentando escapar das ondas que insistiam em tentar afogá-lo. Finalmente, um pedaço de madeira flutuou e o padre conseguiu agarrar-se a ele. Ficou lá, parado, em silêncio, tentando ouvir, no meio do barulho das ondas algum indício de que outra pessoa se salvara. Nada. Só o ribombar aterrorizador dos trovões.

Ficou um tempo incontável sendo lançado de um lado para o outro, entre as ondas. A tempestade foi diminuindo e Agostinho ouviu o que parecia o som das ondas batendo numa praia. Aguçou os ouvidos e tentou identificar a direção. Usou o resto de suas forças para se movimentar naquela direção. Finalmente chegou a uma praia. Não viu nada por perto: nem casas, pessoas, nada. Andou até um ponto mais alto, longe da água e se deitou. Esforçou-se para não dormir, com medo de desmaiar, mas estava exausto. Acordou só no dia seguinte e procurou e olhou à volta: nada mudara. Devia estar em uma região desabitada. A única solução era caminhar até encontrar civilização.

Andou por muito, muito tempo, até ouvir vozes. Tentou gritar, mas a voz lhe faltou. Estava no fim de suas forças e não conseguia entender como conseguia parar de pé.

Quando viu pessoas se aproximando, caiu no chão, entre lágrimas.

Viram que ele era um padre e o levaram para o vilarejo, onde foi alimentado e curado. Sentia-se triste por tudo que vivera e por ter perdido Luiza, mas também se sentia regenerado. Descobrira que tinha um outro eu e aprendera a viver com ele. Aquelas ovelhas precisavam de um pastor e ele não se negaria ao serviço.

3

Jean-Pierre e Helena estavam no camarote quando o navio bateu. O marinheiro pressentiu que precisavam sair dali o mais rápido possível, mas a moça parecia em transe. Olhava para um canto qualquer e mexia os lábios como se conversasse com alguém.

— O navio vai afundar! — disse ela, enfim.

— Sim, eu sei. Precisamos sair o mais rápido possível!

Helena tocou-o no rosto:

— Mas antes você precisa fazer uma coisa. O capitão morreu. Precisamos ir ao camarote dele. É importante.

O rapaz tentou argumentar, mas sabia que não conseguiria convencê-la a sair do navio se não fizesse o que ela pedia. Foram pelo corredor, apoiando-se para não cair. No camarote, o Capitão jazia sobre a cama, os olhos sem vida.

Helena postou-se no meio do quarto, equilibrando-se com dificuldade e esquadrinhando o cômodo com os olhos.

— Ali. — disse, apontando para um ponto na parede. Há um compartimento secreto.

Jean— Pierre apalpou a madeira, mas não encontrou nenhuma saliência.

— Não há nada. precisamos ir embora! — disse.

— Continue procurando.

De repente um pedaço de madeira cedeu e uma espécie de portinhola se abriu. Lá dentro, um pequeno baú. Estava meio aberto.

— Feche-o! Rápido!

Jean-Pierre pegou o objeto e colocou-o contra o peito.

— Agora vamos.

Lá em cima, no convés, o caos se instalara. A maioria das pessoas parecia não ter consciência de que o navio ia ao fundo e levaria todos com ele.

Os dois pularam na água e se afastaram. O navio não demorou muito para afundar, criando um vácuo que puxava tudo ao seu redor.

O casal se abraçou lutou contra as ondas. Felizmente, o baú flutuava e se agarraram a ele. Depois de um tempo que pareceu infinito, ouviram vozes. Era um barco de pesca! Estavam salvos.

Os dois foram levados para a costa e receberam comida. Acabaram se estabelecendo por ali mesmo, como um casal. Quando já tinham casa, adotaram um garoto.

Jean-Pierre jamais teve a coragem de abrir o baú e recomendava ao filho que tivesse o mesmo cuidado.

Helena morreu já em idade avançada. Jean-Pierre a acompanhou pouco depois. No funeral, enquanto preparava o corpo do pai, o filho descobriu-lhe o segredo, mas escondeu isso de todos os outros.

Muito tempo depois, quando até ele já era um velho, um homem culto passou por ali. Ouvira falar do baú e pediu para vê-lo.

— Sou o cônsul britânico no Brasil e desejo comprar esse objeto. Meu nome é Richard Burton. — esclareceu o homem.

O filho de Jean-Pierre e Helena aceitou. Sabia que em breve morreria e não tinha ideia do que fazer com o presente deixado pelos pais. Talvez aquele homem soubesse a resposta para isso.

Sir Richard Burton permaneceu com o baú por toda a vida. Não se sabe se ele ousou abri-lo. Após a sua morte, o objeto foi levado para Buenos Aires, onde, muito tempo depois seria encontrado por um escritor cego.

CAPÍTULO 22

No qual conhemos um capitão e seu sonho e descobrimos o que ocorreu na fatídica noite em que o baú foi aberto.

O capitão acariciou o baú como se fosse um ente querido. O árabe que lhe vendera dissera que dentro dele havia um objeto mágico, uma bola de vidro, um pequeno ponto do universo no qual todos os outros estavam compactados. Um objeto que existia no presente, passado e no futuro. E, mais do que isso, algo capaz de abrir portas.

Ele se sentou na cama e chorou, com o pequeno baú sobre o colo.

Agora ele chorava sempre que estava sozinho. Sempre que se lembrava de sua esposa. Aquela coisa sobre seu colo havia custado caro, mas ele seria capaz de pagar o dobro para poder tocar novamente o rosto de sua amada. Daria toda a sua fortuna para sentir de novo o seu hálito de rosas.

O capitão se angustiava mais ainda por saber que, por causa de sua profissão, passara tanto tempo longe de Elisa. Ela morrera sozinha, enquanto ele estava no mar, em busca de dinheiro. Quando chegara, ela já estava enterrada e o homem que lutara a sua vida toda por riqueza e poder agora não podia nem mesmo ver e beijar a única pessoa que realmente importava. E todo o dinheiro ganho não podia trazê-la de volta. Mas talvez aquele objeto pudesse.

Se fosse realmente capaz de abrir as portas entre o passado e o presente, talvez pudesse trazer com ele a sua esposa.

Mas não tinha coragem de abrir o baú. O árabe que lhe vendera dissera para só fazê-lo em um local deserto. Provavelmente ele o faria no novo mundo.

Bateram na porta. O capitão segurou o choro:

— Quem me incomoda? Estou ocupado!

— É o contramestre! Uma emergência. Preciso falar com o senhor!

O capitão franziu o cenho:

— Uma emergência?

— Sim, abra aqui...

O baú foi deixado sobre a cama e o capitão se dirigiu à porta. Ao abri-la deu com uma grande quantidade de marinheiros, provavelmente toda a tripulação. O corpulento contramestre à frente deles.

— O que significa isso?

O contramestre deu um passo para frente, transpondo a soleira da porta.

— Ouvimos falar de um grande tesouro. Dizem que comprou de um sarraceno e que é algo pelo qual reis pagariam fortunas...

— Do que está falando? Que loucura é essa? — bradou o Capitão, mas não continuou. Um golpe certeiro do bastão do Contramestre quebrou sua perna, fazendo com que ele desabasse no chão.

— Vamos, seja camarada. Conte-nos que tesouro é esse e onde está. Também merecemos uma parcela dessa riqueza.

E, virando-se, para os marinheiros:

— Não merecemos?

Os marinheiros balançaram a cabeça, concordando. Alguns já tinham entrado no quarto e olhavam em volta, com olhares de cobiça.

O capitão gemia, no chão.

— Vamos, nos diga onde está o tesouro... ou quebro a outra perna...

O capitão balançou a cabeça e tentou pegar o baú, mas isso só fez com que o Contramestre olhasse naquela direção.

— Acho que não precisamos procurar muito...

Pegou o baú com suas mãos rudes, largando o bastão.

— Não abra, eu te aviso. — gemeu o Capitão.

O contramestre riu:

— Parece que o Capitão está me dando uma ordem. Ele não percebeu quem manda aqui!

Os marinheiros concordaram com resmungos.

— Então, vamos ver que tesouro é esse!

Foi quando tudo aconteceu. Os marinheiros só conseguiram perceber uma grande luminosidade e a tempestade rugindo lá fora, como um leão que tivesse sido libertado de sua jaula. Fugiram desesperados ao perceber que haviam mexido com algo inimaginável.

Mas o Contramestre não teve tempo de fugir. Ele olhara diretamente para dentro do abismo da compreensão humana e sua visão explodiu em mil sois. Ele viu navios de ferro guerreando com armas terríveis. Viu um padre, ainda menino, segurando na mão da mãe e olhando para um garoto que não existia além de sua mente. Viu um rapaz que não era um rapaz, e nem mesmo uma moça. Viu um dos marinheiros matando e matando e sorvendo o medo de suas vítimas (remédio-veneno-remédio-veneno-bom-mau-mentira-verdade).

Viu o navio perdido no mar por dias e dias e mais dias de fome, sede e tristeza. Viu a morte de quase todos que conhecia, inclusive a sua, engolido pelo mar numa mortalha de madeira. Viu um pássaro enorme se aproximando do mastro e descobriu que essa coisa se chamava avião.

Mergulhou no fundo do mar com um equipamento estranho, que trazia o ar para sua boca mesmo na água e morreu lá. Sentiu seu corpo sendo levado de volta para a superfície e sendo colocado no convés de um galeão.

Viu o mundo com os olhos de um defunto.

Viu o seu nascimento e a sua morte. Sentiu milhões de vezes a água entrando em seus pulmões e o engasgo final.

Viveu a vida de uma menina cujos pais morreram e cujo avô não conseguira salvá-la da pessoa em que mais confiavam e tentou fechar os olhos diante de sua morte terrível e dolorosa, mas a menina sempre morria. Mais e mais uma vez. Ela sempre morria.

Olhou nos olhos dos mortos e sentiu os apelos de uma menina caída num poço, chorando, chorando.

Quando tudo terminou, estava cego. E nada mais importava.